怪奇
博物館

The Strange Museum

105

撈屍匠

The Corpse Carpenter

夜不語

著

怪奇博物館

The Strange Museum

105

CONTENTS

自序

寫完這本的時候，新冠疫情又反彈了，不過等大家看到它的時候，或許疫情已經結束了也說不定。

最近心態很好，吃了睡睡了吃，又出不了遠門遊玩，長胖不少。

前些日子我買了一口大魚缸，裡邊種了許多水草，養了三十多條紅綠燈和金絲魚，每天餵一餵，也算是聊慰不能出遠門吧。

寫序的這天，是我三十九歲生日。

吹蠟燭的時候一陣恍惚，沒想到，我竟然已經不知不覺就三十九歲了，從二十歲那年開始寫《夜不語》系列，寫了十八年才寫完。

那時候，最早的讀者也才十歲多一點，現在應該也有許多讀者，超過三十歲了吧。但就算如此，可愛的讀者們，也一直在讀著我寫的書。

他們留言給我，寫信評論，其中一封信我很感動，那位讀者說，看我的書已然成了一種習慣。

對啊，我也習慣寫書，不寫就渾身難受。

當一種事情變成習慣後，就很難戒掉，看書是，寫書同樣是。

新開的《怪奇博物館》系列，這是第五本，今後一共會寫多少本，暫時沒有打算。寫多少算多少吧，寫到寫不動，或者讀者看不動為止。

這是理想狀態。

今年每每看新聞，都覺得這個世界越來越亂了。

新冠病毒、各地新鮮出爐的戰亂、越來越反常的氣候、糟糕的空氣、黑天鵝事件層出不窮。

也許終結我寫書的，並不是我寫不動了，而是世界末日呢？（笑）

好了，吹完蠟燭寫完序，我也該去吃這輩子第三十九個生日蛋糕了。

大家都要身體健康哦。

愛你們。

夜不語

這世間，有許許多多的行業，俗話說行行出狀元。但今天，我要講的行當，估計許多人都沒聽過，哪怕聽說過的，也仍舊覺得非常神秘。

那就是撈屍匠。

長江上的撈屍匠。

——引子——

長江。

長江發源於青藏高原的唐古拉山脈，流經十一個省份，於上海注入東海，全長六千三百多公里，在世界大河中長度僅次於非洲的尼羅河和南美洲的亞馬遜河，居世界第三位。

跨度這麼長的河流，千古以來沿河而居的人，總會流傳著許許多多關於長江的神秘傳說。

據說長江中游三峽流域，曾經有一隻大鳥，翼展長達數百公尺，飛起時陰影鋪天蓋地。這鳥叫「大烏」，落下來像座山，光腿就有一、二十丈高，牠喜歡抓長江中的一種怪魚，那怪魚體型如同小鯨，有十多公尺長，通體烏黑。

但大烏也時常叼走沿岸居住的人類當作零嘴。

人類不堪其擾，在三峽一位智者的帶領下，集合數百個部落，花了五十年，終於找到大鳥的巢穴。人類殺不死大鳥，但是卻在巢穴中找到大鳥的蛋。

那鳥蛋足足有二十公尺長，近六公尺高。

智者命令所有人拿出工具，將鳥蛋打破。

可那鳥蛋說也奇怪，見風就長，被攻擊就變大，頃刻像山一樣。智者急了，伐木燒山，終於將鳥蛋堅硬的外殼燒壞，再用工具敲打，鳥蛋破了，蛋清蛋黃流入長江中。

原本清澈的長江水被污染變渾，從此再也不復從前的清亮。

而大鳥因為失去鳥蛋，悲傷之下，終於離去了。

還有一個傳說，說的是長江下鎖著一隻惡龍。那惡龍危害一方，在水裡翻來覆去，每每有漁船在江上打魚，惡龍都會掀翻漁船，將掉入江中的漁夫吞進肚子裡。

漁民恐懼萬分，不敢再進入長江打魚。

直到數千年前，一位得道高人路過，他降服惡龍，用九根銅鎖鏈，把惡龍鎖在長江底下，並用黃金鑄造十三塊令牌，每一塊令牌各有不同，不過無一例外，令牌上，都雕刻著繁複的花紋，煞是好看。

那道人留下指示，說這十三塊令牌，絕對不能從長江底挖出來見光，否則不光挖到令牌的人會有災難，惡龍也會掙脫封印，繼續作惡人間。

長江水道很寬廣，作為文明發源地的兩條主要河流之一的長江中，發生過太多太多邪乎的事情，更有太多太多不可考究的民間故事。

例如河中的各種水中怪獸、金沙大王、鐵棺龍王以及巨鼋、鼉龍、走蛟之類的神秘生物事蹟。

真真假假，誰又說得清呢！

而整件事的開端，現在細細想來，還是要從長江撈屍匠這個行當說起。

撈屍匠不稀奇，只要是有大江大河的地方都會誕生這樣的職業，因為人本能如此，俗話說靠山吃山靠水吃水，靠河的人自古依水而居，自然會在河上找生存之道。

夜路走多了還會見鬼，何況下河找食的人多了，發生船難水難的自然不會少。所以在古時候長江流域，特別是三峽一帶，撈屍匠通常都是些兩岸的縴夫充當，少不得這些縴夫能掙些外水，貼補家用。

現代經濟增長了，縴夫這行當也沒了，但是撈屍匠的生意反而好，甚至許多長江兩岸的公司將其變成主業。

為什麼？

因為死在長江中的人越來越多了。有人因為失戀，有人因為經濟壓力，也有人患上憂鬱症。

總之，最後都通通投入這萬里江水中。

每個自殺者背後，都有悲傷欲絕的家庭，國人講究入土為安，活要見人死要見屍。落水的鬼也要上岸後家人才踏實。

這直接催生了長江撈屍人的職業化。

重城位於長江邊，是內陸的重鎮，人口接近三千萬。

至於鞏全和文諸五兩人，則是重城岸邊的一家「長江偃師」打撈公司的員工。

前天這家公司接到一個委託，公司勘探過後認為難度不大，只派了這兩人和一艘船去馬口溝。

兩人一大早乘船出江，快艇揚起的水氣不斷打在他們的臉上。

接近四十五歲的鞏全全身黝黑，他聞聞長江上的水氣，又看看天色。

「今天的天氣不錯，萬里無雲，應該不會下雨。」文諸五二十來歲，笑嘻嘻抬頭望天。

鞏全搖搖頭：「諸五，你還是太年輕了。長江上的天氣說變就變，剛剛可能還豔陽高照，馬上就會飄來一朵雨雲，劈頭蓋臉把你打成落湯雞。但是天氣算個啥，長江的水，才是最邪乎，捉摸不定的。」

「全哥，有你這個老職業在，我還怕個鏟子。」文諸五滿不在乎的掏掏耳朵，作為年輕人，他實在不喜歡中年人說教。

更何況，他可是有職業潛水證的，國內什麼大江大河他沒潛過？長江水道算個球。

鞏全也知道年輕人不太喜歡聽這些，轉而笑笑，說起前些天公司新接的一單：「今天的任務，你看了資料沒？」

「看了，一個年輕女生乘坐嘉實號遊輪的時候，不知道犯了什麼病，突然就從遊輪天台跳下去。公司判斷，女孩屍體應該順著長江水，被捲入暗流中，最後屍體會在馬口溝的追魂蕩前沉入江底。我們只需要把整個追魂蕩都找一找，應該能找到屍體。」見鞏全的臉色不怎麼好看，文諸五問：「全哥，你好像不太高興？明明這次的活比較簡單。」

鞏全搖搖頭：「諸五，你不知道，馬口溝那地界，邪乎得很，經常出怪事。」

「真的？」文諸五頓時來了興趣：「例如呢？」

「算了算了，就算說了你們這些年輕人也不見得信，還會說我們中年人迷信。」

鞏全擺擺手：「快到了，檢查設備吧。」

馬口溝的追魂蕩因為曾經採過砂，在那裡形成一個深達五十多公尺的大坑。如果那個女孩的屍體真的像公司勘探的那樣，因為水流的原因被沖入追魂蕩內，那這一次可能就要深潛了。

每一次深潛都馬虎不得。一馬虎，打撈屍體的人，估計就會變成屍體。

翬全很早以前就考取了潛水證，之所以當職業的撈屍人，是因為這一行來錢快。每一次打撈，視屍體所在的位置和難易程度，公司會收取不同的費用，最低都在兩萬以上。

分給打撈屍體的潛水夫，不光有基本工資，還有按比例分紅。

高危職業的收入都不錯，因為每一筆都是用命拚出來的。

翬全有一兒一女兩隻吞金獸，老婆又是全職太太，整個家庭都靠他一個人掙錢，其中壓力，只有承受的人才清楚。

肩膀扛著一家四口，翬全，很惜命。

他仔細檢查水下保命的東西，面罩、呼吸管、潛水服、BCD浮力控制裝置、調節器、儀表組，最重要的正副兩組氣瓶，也被翬全認認真真的檢查了好幾遍。

快艇越過馬口溝地界，很快就來到追魂蕩附近。

寬達幾公里的水域，一眼看不到兩岸，雖然叫做追魂蕩，但表面上看，停船的地方水流速度非常緩慢平靜。

不過潛過水的人都知道，水面的情況，永遠都代表不了水下狀況，水下哪怕一顆不大的礁石，都會在某種程度造成渦流，將人直接捲入深深水下。

「保命的東西都檢查好了沒？」鞏全問。

快艇已經徹底停下，船老大將錨放下，看看手錶，有些不耐煩的說：「現在快早晨十點了，你們速度快些，我只等兩個小時，不管你們撈不撈得到，兩小時一到，我就開船回去。」

文諸五驚訝道：「老馬，你急什麼急，回去有急事？」

船老大老馬沒好氣的瞪了一眼，抽出一根菸抽，沒開腔。

鞏全笑道：「諸五，你也知道他姓馬了，還猜不到他是哪裡人？」

「該不會是馬家溝的吧。奇了怪了，老馬今天怎麼特別沒耐心，還有點煩躁。」文諸五奇怪的問。

「因為老馬是本地人，所以更加清楚追魂蕩有多邪。咱們公司空降的領導，根本就不明白馬家溝的情況，從前來馬家溝出任務，至少都是十個潛水夫呼啦啦一起來，每個人最多下潛二十分鐘。」鞏全說。

「為什麼？」文諸五不解道。

「因為這裡死過太多人了，船也不知道翻了多少次，就算到近代，重城的幾家競爭公司，還是在追魂蕩死了十多個『水鬼』。」

文諸五倒吸一口氣：「這裡竟然死過十多個！」

「水鬼」是撈屍人中那種對自己最狠最不要命的，他們很早就只以撈屍為生，藝高人膽大，而且每個都是從小在長江水中泡大的，這種人，技藝精湛做事細心，怎麼會在這看似平靜的追魂蕩中死了那麼多？

太奇怪了。

「哎，一般追魂蕩的生意，咱們老領導肯定是不會接的，但是新領導上任三把火，急著把成績做出來，連這棘手的任務都敢接。我看那女孩的父母親戚可能找了好幾家打撈公司，都沒有人接，才找到我們公司。」

犟全搖著腦袋。

文諸五懵了：「真有那麼怪的話，為什麼就派了我們兩人來？」

「因為公司裡的老水鬼們沒人敢來啊，就剩我們屁顛顛的舉手了。」犟全哼一聲：「你接了任務的時候不覺得怪嗎？一個任務，咱們一人至少可以得三萬。」

「啊，我剛來公司，還以為這是行價咧。」文諸五臉一紅，他報名後，確實有一點被待遇驚到。

出這一次任務，基礎獎金確實給到三萬以上。

「屁的咧，新領導不知道收了女孩家屬多少錢，至少也是這個數。」犟全比了個十五。

文諸五乾笑了幾聲：「女孩家還真是有錢。」

「那自然，她可是坐著有長江第一輪之稱的嘉實號，那遊輪據說從上海出發，每日遊山玩水，吃好喝好，遊覽完長江的美景後，才抵達咱們重城，而且票價高得可怕，我們累死累活的幹一輩子，怕也上不了那艘船。」犟全道。

文諸五撓撓頭：「沒想到這麼有錢的女孩竟然跳江自殺了。人生啊，沒錢的人都還拚命活著，這些有錢人，不知到底有什麼想不開的。」說到這，文諸五又問：「全哥，我是剛加入公司的小白，不知道其中的道道才跑這次任務的，可你明明知道凶險，幹嘛還來？」

「老子缺錢啊。」犟全苦笑：「家裡兩隻吞金獸還有一個敗家娘們，大吞金獸今年上初中，尋思著她成績不太好，想要報個好的私立學校。一問，那家學校的收費老貴了，正好一學期三萬。媽的，富貴險中求，老子準備當一回水鬼搏一搏。」

有家有室的中年人，禿的不光是頭頂，那頭頂光亮得反光，分明是支撐家庭的一磚一瓦，這一番話，聽得文諸五完全沒了這輩子結婚生子的心思。

「對了。」犟全說著，從兜裡掏出兩條純金的項鏈，分去其中一條遞給文諸五：「來，戴上。」

「全哥，要不得，我怎麼能收你的大禮。」文諸五連忙擺手。

鞏全罵道：「你丫的想得倒是美，我這可不是送給你，是借給你用用，這兩條金項鏈在關公廟開過光，可以鎮壓屍體的邪氣。」

「看不出來全哥你還挺迷信的。」文諸五見鞏全將金鏈子戴上，也只好戴了。

「這不是迷信不迷信的問題，你剛入行不懂，有些事情真的很難解釋，而且屍體碰多了，自身的陽氣會變低，容易出事。」鞏全撇撇嘴，不再說什麼。

兩人穿戴好潛水用具，站到快艇的右側，然後向後一昂，撲通一聲，跳進了長江水中。

就算是小心翼翼的鞏全也完全想不到，這一跳後，兩人將會遭遇多麼可怕的事。

追魂蕩裡的水異常冰冷，隔著潛水服也能感到冰冷刺骨，那股寒意彷彿能直接透入骨子裡。

可現在是六月，正是長江中游最熱的季節。

鞏全用手勢對文諸五比劃幾下，之後文諸五的水下對講機裡就傳來聲音：「聽得到嗎？」

「能聽到。」文諸五回答。

「好，下潛。」說完，鞏全率先一個猛子，沉進水裡，消失不見。

文諸五也開始下潛，江水很昏暗渾濁，猶如蛋黃打在水中，可視度並不高，很快的，隨著深度變化，周圍就只有極渾濁、含沙量極大的水。

下潛繼續，文諸五緊緊跟著經驗豐富的鞏全，一直到三十公尺的深度。

「全哥，水太濁了，啥都看不見啊。」文諸五對著對講機開口說話。

鞏全道：「把探照燈打開。」

三十公尺深的長江水，變得烏漆死黑，他們像是游在一灘墨水中，兩束強光閃爍一下後，接著刺破江水的渾濁，藉著燈光終於稍微能看清楚周圍的環境。

但是現在位置在追魂蕩中央，不上不下，除了水還是水，根本就沒有參照物。

兩人又向下游了一陣子，文諸五老覺得全身冰冷，彷彿哪裡怪怪的，突然，他像是發現什麼，猛地道：「全哥，有點不對勁兒啊。」

「什麼地方不對勁？」鞏全悶聲問。

「這裡怎麼沒有魚？明明水下水流很緩慢，而且深度也夠，這裡本應該是魚蝦最喜歡的棲息地。」文諸五怪道：「可一路下來，不要說魚蝦了，就連水生生物，我都沒有看到一隻。」

「追魂蕩裡一隻生物都沒有。至於為什麼，至今沒人知道。」鞏全說：「咱們快速找一找，追魂蕩不大，順著水流的方向漂一漂，應該就能發現屍體了。」

文諸五嗯了一聲，他壓下心中的疑惑，繼續跟著犖全，兩人沒有胡亂游動，而是跟著水流漂。

這追魂蕩水下雖然平靜，但仍然有微弱的水流。水流不急，非常平緩，可這並不意味著安全。

畢竟江水呼嘯奔騰上萬里，所過之處摧枯拉朽。它，從來都不是一條溫柔的河，河水中的平緩，通常都是幾股方向不同的水流互相作用的結果。

犖全打起了十二分精神。根據少女跳河的位置，她絕無生還的可能性，屍體肯定是順著西邊來的水流方向，一直被捲入追魂蕩的深處。

探照燈切割著水中的黑暗，他們一找，就找了一個小時。

就在犖全心裡打鼓，準備離開的時候，文諸五眼睛尖，叫道：「全哥，那個位置好像有東西。」

犖全轉過頭定睛一看，確實在四十公尺深處的前方，看到一個黑乎乎的陰影。

追魂蕩裡空空蕩蕩，不光沒有生物，連丟入長江的日常垃圾也很少見。那陰影漂浮在不上不下的江水中，一動不動。看起來非常詭異。

最詭異的是，它的身旁，似乎有什麼東西在一圈一圈的轉個不停。

「過去看看。」犖全打個手勢，兩人小心翼翼的朝陰影游去。

越來越近了，探照燈的光打在不明物上，等徹底看清時，兩人頓時倒吸一口氣。

果然是一具屍體，女人的屍體。大約二十歲，閉著眼睛，漂亮的容貌沒有任何表情，甚至沒有殘留死亡前的痛苦，彷彿睡著似的，靜靜漂在水中，烏黑長髮漂在水裡，猶如無數亂糟糟的水草。

「就是她了。」文諸五心裡一喜。

他看過自殺女孩的照片，和這具屍體一模一樣。

「我去用鉤子把屍體勾住。」文諸五一邊說，一邊向前邊游。

鞏全一把拽住了他：「等等。」

「全哥，你攔著我幹嘛？」文諸五疑惑。

「你不覺得這具屍體有問題嗎？」鞏全皺著眉頭。

「什麼問題？」

「整個身體都站在水中，這不科學。」鞏全道。

不錯，長久打撈屍體的他，很清楚男女有別。男性和女性因為身體密度以及脂肪部位的不同，通常都呈現不同的狀態，男性一般是背朝上，而女屍則相反。

古怪的是，這具女屍不光沒有心口向上，反而是站立在深達四十公尺的水下位置，既不朝上浮，也不向下沉，就那麼一動不動站著。

「這是傳說中的長江立屍啊。」鞏全有點害怕。

文諸五笑道：「全哥，你要相信科學。人家以前科教頻道解密過，所謂的水中立屍，通常都是水流拉扯的結果，造成了一種平衡。」

「就算如此，那女屍的狀態，也保存得太好了。」鞏全搖頭：「這具屍體沒有一絲一毫被魚蟲啃食過的痕跡，甚至泡在水中接近半個月了，竟然還沒有腐爛跡象。」

不對勁，哪裡都不對勁兒。

鞏全想打退堂鼓了。

但文諸五是初生的牛犢，他啥都不怕。想到屍體就近在眼前，這傢伙自然不願意退縮，畢竟完成了這個任務，他就能拿到高達三萬的獎勵，更何況，這可是他第一次打撈。

心裡默默想著當初培訓時的流程，這傢伙麻著勇氣，說：「全哥，我去把屍體勾過來。」

「算了，這筆買賣咱們不做了，馬上回去。」鞏全搖頭。

老水鬼都知道，每一次遇到長江立屍，都不會有好事。這雖然迷信，但邪乎的東西，在他們這一行不得不信。

不信的人活不長。

文諸五急了，鄙夷道：「屍體就在面前，我們怎麼能不管呢。退一萬步講，女孩的父母有多悲傷，寧願花大錢都要把女兒的屍體打撈上來，可想而知，她的父母有多愛她。哎，怎麼說也是功德一件，我們是在行善積德。全哥，你怕的話，我一個人把屍體撈上去。」

見文諸五很堅持，鞏全苦笑連連，內心也動搖了。說實話，都說長江怪事多，可他打撈了這麼久，倒是什麼怪事都沒遇過。

算了算了，怕個球，人家年輕人都不怕，自己慫，只能被後輩笑話。何況，他也不能跟錢過不去，對不？

「一起下鉤子。」心裡下了決定，鞏全自然不能讓後輩真的把事情都做了，既然心裡有些忐忑不安，那麼就隔屍體遠一些下鉤，盡量不要直接接觸。

兩人隔著女屍幾公尺遠，將兩把鉤子甩過去。

這鉤子是撈屍人特製的，只要一碰到屍體，就能穩當當勾住屍體，然後兩人再扯著鉤子的末端往上游就行了。

鉤子很順利的勾住屍體，甚至繩子還緊緊纏繞上去。

「游，往上慢慢來。」鞏全示意。

兩個人拖著勾屍繩，開始向上方游。五公尺長的繩子很快就繃緊了，犛全和文諸五拽了一把繩子，他們向上浮起的速度不算慢，就在這時，繃緊的繩子竟然拽不動，甚至反帶著他們，潛不上去。

「怎麼回事！」犛全額頭上的汗水，唰一下冒出來。

漂在水中的屍體，兩個大男人都沒拉動，彷彿屍體釘在水中，變成拴馬柱，他們都像是馬一般被拴住了。

「全哥，這屍體夠重的，看這女孩苗苗條條也不重啊，怎麼那麼沉？」文諸五百思不得其解。

水下的物體，重量通常只有岸上的幾分之一，可現在這具屍體，就像有千斤重量般。

「怕是被什麼給纏住了。」還是犛全經驗老到，他一咬牙：「你繼續拖著繩子，我下去看看。」

說完，他拽著勾屍繩向下游，沒多久就來到女屍跟前。

犛全打著探照燈，將女屍上下都檢查一番。突然，他看到女屍腳踝處，彷彿纏著什麼東西。

那是一根很細很細的青銅鎖鏈。

這根鎖鏈不知道有多少歲月了，早已在水底下氧化，長滿了銅鏽，鎖鏈將女孩的右腳整個鎖住，緊得幾乎都要勒入肉中。

鞏全大吃一驚。

這銅鎖鏈絕對不可能是女孩自殺時套上去的！不是說女孩是從輪船上跳河自殺嗎？為什麼自殺前，她還在腳上鎖了一條青銅鎖鏈？

還是說，根本不是自殺，而是謀殺？

鞏全心臟怦怦亂跳，他覺得自己彷彿發現某個不得了的秘密。

他拽著女孩腳上的銅鎖鏈，這根鎖鏈不知道有多長，繃得非常緊。鞏全頓時明白，難怪女孩的屍體在水中不上不下，呈現立屍的狀態，原來她腳上青銅鎖鏈的另一端還捆著別的重物。

鞏全順著青銅鎖鏈摸下去，不摸不知道，一摸嚇一跳，他居然在青銅鎖鏈的末端，摸到一塊硬硬的東西。

就著探照燈，一看，黃澄澄亮堂堂，反射著讓人瞎眼的光。

奶奶的，這竟然是一塊沉重的狗頭金！

鞏全有些懵。

這狗頭金雖然重達幾公斤，但也不可能像是定海神針似的，將一具浮力很大的女屍釘在水中，不管兩個大男人如何拽，也一動不動。

這特麼到底是啥東西？

鞏全仔細打量狗頭金，一看之下，又是大吃一驚。

這狗頭金，絕不簡單，處處都有人工雕琢的痕跡，並不完全是天然形成的。狗頭金的形象出奇詭異，像極了一塊令牌的部分。上邊寬，下邊窄，中間隱約雕刻著一個被處以極刑的女子，兩行紅色的鏽跡從兩頰滑落，表情痛苦，看起來怨氣十足。尤其是令牌下方，天然形成一個大大的「死」字，令人膽顫心驚。

背後，還雕刻著許多繁複的花紋，猶如什麼不祥的咒語。

鞏全看著這枚狗頭金，通體發冷，那令牌的底部彷彿一個路標，筆直的指向江水底部的某一處。

他下意識的往下看，隱約在江底看到一個黑乎乎的大東西，那東西像是一口碩大的棺材。

鞏全嚇得一口氣險些沒喘過來。

「全哥，你怎麼還沒上來。」水下對講機中，傳來文諸五的聲音。

「馬上上來。」鞏全強壓下驚詫，一手抓向那塊令牌。

說來也怪，沉沉墜入江水中的狗頭金被活人一抓，頓時就輕了許多，甚至綳緊的銅鎖鏈，也變得輕飄飄，猛地向上一竄。

似乎屍體帶動這枚令牌和銅鎖，向水面浮去。

只聽文諸五的聲音又傳過來：「全哥，好了，屍體可以動了，你果然是老行家，一出手就能解決問題。」

鞏全乾笑兩聲，順著銅鎖鏈向上游。

「趕緊走，這地方，太邪乎了。」心裡老是想著那塊令牌上模樣古怪的狗頭金。鞏全催促了兩聲。

文諸五和他拖著長長的勾屍繩，拽著女屍往上一路浮著，女屍被牽引，再加上腿上拽著的青銅鎖鏈和狗頭金，浮得並不快。

「全哥，女屍腿上那根鎖鏈末端有啥啊，竟然將整具屍體都扯到江底下。」文諸五看著女屍腿上拖著的那根銅鎖鏈，有些好奇。

「上去你就知道了。」鞏全道。

不知為何，江水彷彿更加陰冷了。冷得刺骨，他快要咬不住呼吸器，上下打顫。

兩人一屍，在平靜水中緩緩上浮，無比詭異。

三十公尺深度，兩人足足十多分鐘才浮上去。鞏全先爬上船，然後把文諸五拽上來。兩人脫下潛水面罩和腰部的配重後，這才將女屍拖上船。

女孩的屍體很柔軟，明明已經浸泡在水中一星期了，仍舊像是剛剛死亡般，皮膚白皙，吹彈可破，窈窕的身材，黑色長髮，完美腰肢。

二十多歲血氣方剛的文諸五羞恥地偷偷嚥口唾沫。

這女孩好漂亮。一身白色的連衣裙絕對是高檔貨，可惜了，明明是一個人生贏家的白富美，偏偏選擇自殺。

當鞏全將女屍腿上的銅鎖鏈從水裡拖出來時，文諸五突然想到一個和鞏全剛剛想過的，一樣的問題。

不對啊，自殺的女孩，怎麼會綁著這麼長的銅鎖鏈？

「全哥，這女孩……」文諸五剛想說什麼，鞏全已經擺了擺手。

「別說，別問，到底是他殺還是自殺，我們不是偵探，只是打撈屍體的而已，其他問題，她的父母自己看著辦。」鞏全悶悶說著，然後用力一扯。

一大塊亮瞎眼黃澄澄的狗頭金，就從水裡蹦出來。

啪嗒一聲，落在船的甲板上。

「好傢伙，好大一塊金子，怕不是有八九公斤重吧！」文諸五的眼珠子都看直了，他萬萬沒想到，女屍竟然還拽著這麼大一塊金子。

這特麼到底是咋回事，越想越疑惑重重啊。

「哪來的金子啊！」文諸五又嚥口唾液。第一口是因為女屍的美色，第二口，更俗，是錢。男人的兩種欲望，沒想到一時間都橫陳在面前，太有誘惑力了。

按現在一克黃金四百塊的行價，這麼多金子，那是多少錢？接近四百萬了吧。

文諸五的心臟在怦怦發跳。

他這輩子都沒見過這麼漂亮的女孩，這麼多的錢。

鞏全抬頭瞥了文諸五一眼，悶不吭聲將裹屍袋拿出來，把女屍和狗頭金令牌都通通裝進去。

他拍拍文諸五的肩膀，又用力拍拍船頭的玻璃窗：「老馬，開船。」

老馬在船後邊抽菸，並沒有看到女屍，更沒有看到女屍腿上的那塊黃金令牌。他吐口旱菸渣，罵道：「奶奶個熊，要下雨了。」

可不是，剛剛還是豔陽天，現在不知怎麼的，追魂蕩的水開始不太平，暗流湧動，船身搖晃個不停。

江面上刮起大風，吹得人站都站不穩，頭頂烏雲壓頂，黑壓壓一片，壓抑得讓人不舒服。

老馬擰動引擎鑰匙，打燃火，快艇發出低啞的轟鳴聲，船拖著長長的水線，向重城的方向駛去。

快艇很快，開了不久，老馬突然說：「有點不對勁兒，現在應該過了劉埡口了，怎麼卻還是看不到那個標誌性的山崖頭！」

鞏全愣了愣，抬頭向周圍望，附近水連天，天空仍舊低壓壓的，昏暗無比。明明是白天，跟黃昏似的，船前後左右，全是滾滾江水流。

空氣裡壓抑的水氣讓人越發不舒服。確實，按時間算，行船一個小時應該能看得到劉埡口那長相奇葩，一柱擎天，聳立在江心的怪山了；但眼前竟然啥都沒有，看不到河岸，看不到山，甚至這麼久了，連一艘船都沒見過。

這怪邪乎的，天可憐見，這兒可是長江，可是繁忙的水道啊，怎麼一個多小時，都沒見有一艘船駛過？

文諸五是新來的，他倒沒看出哪裡奇怪。

老馬看看儀錶盤，臉色發白：「真是狗日的，儀錶失靈了，竟看不出這是哪個地界。」

就在這時，正在向前行駛的船猛地碰到什麼東西，發出砰砰聲，之後船尾上的螺旋槳就傳來噪音，像是有啥東西卡在船槳上。

老馬立刻熄火，罵罵咧咧走到船後邊用鉤子撈。

鉤子掛住了一個沉重的東西，用力拖，竟然拖不上來。

「諸五，你潛下去瞅瞅。」鞏全吩咐道。

長江的水量大又急，將船掛住的什麼東西都有，只有你想不到的，沒有那些沒素質的人丟不出來的，類似的事情，鞏全沒少見過，自然也沒放在心上。

文諸五點點頭，戴著面罩撲通一聲跳下水。

這小子潛入水中，游到螺旋槳旁，剛一看到卡住螺旋槳的東西，就嚇了一大跳。那是一頭豬的屍體，白森森被泡到鼓脹的身體卡在螺旋槳上。

沒心理準備的文諸五暗罵一聲，他伸手拽住豬腿，用力拖，但是豬屍卡得太死，無論如何也拖不動。文諸五只好唰的一下掏出隨身匕首，想要將豬割斷。

哪知道他的匕首剛一碰到豬身體，猛然間，那隻閉著眼的豬猛地睜開雙眼，豬瞪著紅眼珠，眼睛凸出，像是兩個乒乓球，一眨不眨的，死死盯著他。

文諸五又被嚇了一大跳。

他皺皺眉頭，突然看到那隻豬的額頭上好像印著什麼東西，紅彤彤的，像是一種符咒。那符咒很古怪，描述不來，可看得人就是不舒服。

文諸五提起膽子，對豬割了一刀。

豬身上湧出大量的鮮血，無數鮮血染得江水一片渾濁不堪，就在這時，文諸五吃痛得尖叫一聲。

水裡有東西。

水裡不光有東西，還咬了他一口。

文諸五嚇得不輕，他拚命轉身，想要看清楚到底是什麼咬了他。朦朦朧朧中，他看到一個白色的影子。

很大，和成年人差不多大。

那影子咬了他一口後，就游走了，但是並沒有游多遠，彷彿準備回來繼續咬他，文諸五驚呆了，他頭腦一片空白。

長江沿岸修建了許許多多的水電站，再加上最近許多年沿岸捕魚人的過度捕撈，江中早已沒大魚了。

不要說和人差不多大小的魚了，就算是二十多公斤重的野生魚，也很難找到。可水中那陰影，分明有一百六、七十公分長。

他很害怕。

說時遲那時快，水中游弋的陰影繞了一圈，然後從下方再次朝文諸五衝過來，這一次的速度更加快，更加急。

文諸五怪叫一聲，哪裡還有膽子再去拽死豬。他亂滾帶爬，急促的呼吸著，瘋了似的想要趕在陰影攻擊自己前，逃到船上去。

還好他年輕力壯溜得快，文諸五前腳上了船，後腳就聽到腳邊上傳來啪嗒的一聲響，那是牙齒重重咬空的聲音。

接著噗嗤一聲，陰影迅速冒出頭來咬了個空後，又重新潛入水中。

「諸五，怎麼了，嚇得魂不守舍的？」鞏全看著文諸五一臉煞白，彷彿見了鬼似的，不由奇怪的問。

文諸五嚇得上氣不接下氣，好半天才緩過來，大聲道：「水裡有東西，還攻擊我！」

「怎麼可能！」鞏全睜大了眼：「長江中可沒有什麼攻擊性的食肉魚類和爬行動物。」

他入撈屍人這行幾十年了，大大小小的屍體撈了少說也有幾百具，從來就沒有被長江水中的生物攻擊過。

淡水魚類，大的被漁民捕了個乾淨，就剩些江豚還算大一些，但是數量極少，又是保育動物，最重要的是，江豚也不攻擊人類啊。

「文諸五，你小子把纏住螺旋槳的東西撈上來沒？」老馬從駕駛室探出頭來問。

文諸五叫痛道：「老子的腳都要痛死了，你都不關心關心，媽的！」

「我看看。」鞏全拉過文諸五的腿：「哪一隻？」

「右腿！」

鞏全翻開文諸五被咬的右腿，只看了一眼，就倒吸一口氣。他瞪大眼，好久都沒有緩過來，內心的震驚無與倫比，甚至從背上猛地爬上一層冷汗。

文諸五的右邊小腿上，確實被什麼東西咬了，咬得還不輕，一大坨肉都沒了，不停流血。

江水和血水混在一起，流了一甲板的殷紅，看得人瘮得慌。

鞏全心頭發涼，沒有第一時間替文諸五止血，反而聲音顫抖的朝老馬喊道：「老馬，你過來一下。」

老馬一邊捶著腰，一邊走出駕駛室：「咋事兒？」

「老馬，你是老行家了，你來看看文諸五被咬的地方。」鞏全皺著眉頭。

「快止血啊，看什麼看，光看又不能治好我的腿。」文諸五抱怨道，他覺得鞏全不可理喻，受個傷，幹嘛還找人圍觀，這不缺德嗎？

但是鞏全的臉色很不好看。

等老馬來了，這個禿老頭一看文諸五腿上的傷口，臉色頓時變了幾變，這傷口太奇怪了。

「老馬，你覺得是什麼咬了諸五？」鞏全嚴肅的問。

老馬用手拽住文諸五受傷的小腿，仔細辨認一下，緩緩道：「這牙口，不像是肉食魚類咬的，魚類的嘴沒有那麼寬，牙齒也沒有這麼平，但也不像是兩棲類，兩棲類的牙齒太尖了，咬不出這種翻開口的傷。」

「你們到底在搞啥啊，快給我止血。」文諸五一邊吼著，突然，他覺得腿有點怪。竟然好像不怎麼痛了，就是有一點麻麻癢癢的，怪難受的。

就在此時，老馬和鞏全同時臉色大變。

剛剛還不斷流著鮮血的文諸五，腳上的傷口竟然變得漆黑一片，中毒了似的，就連血也變黑了。

這是怎麼回事！

「文諸五，你到底在水下看到什麼、做了什麼？」老馬像是想到啥，拽著文諸五的脖子問。

文諸五一愣：「我看到卡住我們螺旋槳的是一頭死豬，我準備把豬屍割開，沒想到就有一隻一百六、七十公分長的怪東西，突然咬了我一口。」

一百六十幾公分長的怪東西？

老馬眉毛猛地抖了幾下，他的雙手顫抖得厲害，雙眼一眨不眨的盯著鞏全：「小全，你們找到那具女屍的時候，是不是有什麼地方瞞著我？」

鞏全沒吭聲，他不知道該怎麼回答。老馬算是老搭檔了，他的性格自己很清楚，老馬從前也是個老水鬼，因為膽小心細，才一直活到現在。現在老了，不當水鬼了，由於熟悉長江的各個地形地貌，轉行當起船老大，拿公司固定的薪水。

可是老馬這個人一根筋，而且很迷信。

他相信長江中許許多多稀奇古怪的詭異事情是有道理的，許多莫名其妙的規定都不能違背。

例如今天打撈的這具女屍，古怪的地方就很多。

如果不是鞏全特意的隱瞞著老馬女屍身上奇怪的東西，老馬肯定不會准許女屍上他的船，但壞就壞在這次怕是真的出事了。

「鞏全，你媽的，你還不說出來！你是想害死我們一船人嗎？」老馬罵道：「你自己看看文諸五腿上的咬痕，這他媽是水裡的魚蟲能咬出來的？分明是人的齒印！」

一字一句，將文諸五驚得不輕。

在水下咬他的竟然是人？不對，不可能，人類怎麼可能像魚兒一樣，在水裡游來游去？人類怎麼有這麼大的咬合力，靠著衝擊兇猛一咬，就將自己小腿上的肉咬下那麼大一塊。

還有人類為什麼會攻擊他？為什麼被咬的傷口會變黑，他的神經也彷彿中毒了似的，變得又麻又癢。

這太不科學了。

「鞏全，他文諸五是個小年輕不懂規矩，你這麼大人了，幹這行也不算短了，什麼該做什麼不該做，你難道不清楚？」老馬吼道：「快說，那具女屍，到底是怎麼回事！」

鞏全見瞞不住了，只好將怎麼發現這具長江立屍，屍體下邊纏著什麼，通通說出來。

老馬聽完又氣又怕，他伸手一巴掌打在鞏全的臉上，怒得不輕：「你害死我們了，真的害死我們了。」

女屍大半個月都沒有腐爛，腿上還纏著個黃金令牌，這令老馬想起了一個可怕的傳說。

「快扔下船！」老馬吼道：「立刻馬上，不然就真的完了。」

「可是……」文諸五有些不甘心，原本到手的錢，怎麼說丟就丟了。

「可是個屁，你都快要沒命了，還想到錢。你要錢，也要有命花啊。如果真的是我聽過的那件事，沒快點把女屍拋下水，就真的完了，沒有人能活著離開這鬼地方。」

老馬罵道，和手忙腳亂的鞏全一起趕到放屍體的位置，可兩人一看，頓時臉色慘白。

怎麼回事！

屍體怎麼不見了！

只見剛剛放著屍體的那塊甲板空蕩蕩的，裝在裹屍布中的屍體消失了！

老馬腳一軟，身上起了一層冷汗，他軟軟癱倒在地，一句話也說不出來。

老馬明白，完了，一切都來不及了。

碰到那令牌，他們這次死定了，逃不掉了！

01 葬禮

人們經常活在對未來的美好想像和對未知的巨大疑問裡。
這個世界大多數都是普通人，每個人都有自己的難處、自己的幸福和欲望。
她的幸福是什麼，她的欲望是什麼呢？
或許，她已經不需要煩惱了。
今天下著小雨，雨淅淅瀝瀝下個不停，城市每每在下雨時蒙上一層淒涼。
雨，代表著憂鬱。
也代表著，輪迴。
夜諾慢悠悠下了計程車，看著雨打在地上，濺起水花，他拿出傘，撐開，然後跺了跺腳。
飛濺的雨水給黑皮鞋蒙上了一層水霧。
他不喜歡穿皮鞋，也不習慣穿正裝，可今天，他不得不穿。

順著小路一直往前走，來到一戶別墅前，這套別墅裝點得很優雅，一磚一瓦，都凸顯出主人的獨特韻味和性格。

別墅牆頭幾根白色的竹子探出頭來，雨水打在竹葉上，啪啪作響。夜諾站在門口，發了一會兒呆，他的臉上，沒有任何表情。

沒有人能從他的表情中，看出任何感情色彩，他的臉上，彷彿戴著一張面具。

別墅門口放著一個弔念的牌子，很大，很大。牌子下方，擺放著許許多多各種各樣的花圈。

這裡正在舉行葬禮。

花圈的數量顯示這葬禮主人的家世極為顯赫。

夜諾手裡捧著一束白菊花，他是來參加葬禮的，參加一個認識很久很久的老朋友葬禮。

他看看輓聯上寫著的名字——慕婉。

夜諾微微點頭。

嗯，沒有走錯。

然後他又踏了踏這穿不慣的黑頭皮鞋，將鞋上的水氣盡量甩開，這才一步一步緩慢進去。

「小諾，你來了。」葬禮在大廳舉行，幾乎有三百平方公尺的大廳中已經站滿人，

許許多多人穿著黑禮服來弔念逝者。

其中兩個穿著黑衣的中年人，他們坐在一具水晶冰棺前，女的面容姣好，哪怕已經四十七、八歲了，仍舊保留著年輕時候的風韻。

這女子年輕時絕對是個美人，不過現在卻對著冰棺不住哭泣。

而中年男子長相普通，但是面容剛毅，氣場極強，他看到夜諾走進大廳後，站起身迎來。

他的眼眶紅紅的，似乎強忍淚水，他用力拍拍夜諾的肩膀，嘆口氣，說道：「來了就好，來了就好。婉婉生前最喜歡你了，知道你來看她，一定會很開心的。」中年人帶著夜諾走到冰棺前，夜諾向裡邊只看了一眼，眉頭就皺了。

價格不菲的冰棺裡，沒有慕婉的屍體，如夢似幻的燈光下，空蕩蕩，只有一件衣服。

這是個衣冠葬。

夜諾將手中的那一束菊花放在冰棺中，繞著冰棺走了一圈後，這才緩步來到慕婉的遺像前。

她帶著笑，很甜很美，柔順的黑色長髮輕輕披在肩膀，笑的時候露出一排潔白皓齒和兩個恰到好處的小酒窩。

慕婉和她的名字一樣，大家閨秀，溫婉可人，那令人眼前一亮的美麗容顏和帶給人心靈平靜的恬靜感，仍舊留在照片中。

只留在照片中。

如今這漂亮的人兒已經死了，連屍體也沒能找到。

夜諾依然撲克臉，看了遺照後便和慕婉的父母道別，毫不留戀的走了。他沒看見慕婉的遺照中，猛地一股黑氣飄出來，跟著他，死死跟著他，像是要詛咒他般，一路尾隨。

夜諾走出別墅，沒走多遠，然後轉了個身。

黑氣連忙躲起來。

他再次看了眼門口掛著的輓聯，招了個車，身影徹底消失在這棟令人懷念的房子前。

慕婉是夜諾的青梅竹馬，也是初戀。

呃，不不，事情不應該這麼理解……像夜諾這種從小就是鈦合金鋼鐵直男的傢伙，怎麼可能有初戀。

應該說，夜諾是慕婉的初戀。

在夜諾的父母還沒死翹翹前，慕婉一家和他們家離得很近，雖然夜諾老爸老媽一直都是窮逼，但是他們彷彿不在乎，一直都傻樂傻樂的。

對了，那時候，他家還經常來一個一身白衣如雪，非常非常漂亮，但是卻異常冰冷的女子，那是他的二媽。

老爸牛逼啊，那麼窮那麼傻乎乎的二貨，竟然能有兩個老婆，這撐破了法律和道德底線的行為許多人都知道，卻沒人在乎，而且夜諾的兩個媽甚至都一直和樂融融。

最主要的是，二媽很疼愛他，但卻非常嚴厲，明明夜諾從小就將自己定位為是個靠腦袋吃飯的人，二媽卻偏偏喜歡訓練他的體力。

但是夜諾不想學，最後因為二媽太愛他了，也怕他辛苦，看著夜諾傷口累累的小手，最終還是算了。

現在想來，自己家裡真的有許多不合常理的古怪的地方。

例如慕婉的父母，慕家很有錢，但是卻緊挨著夜諾家住，最主要的是，夜諾的老爸經常帶著一家子人，跑去慕家吃白食。

這還不算，見人家慕婉長得漂亮白淨，順口說了一句以後嫁給自家兒子當媳婦吧。

夜諾當時才七歲，一聽就翻白眼，自己家的小二樓一下雨就漏水，窮得都快揭不開鍋了，就算他年紀小，有些常識還是懂的。

慕家是春城的大富豪，而且還是排得上號的那種，怎麼可能看得起自己這個窮小子。

但古怪的是，當時正在喝酒的慕婉的父親，聽到這話竟然一不小心把手中的酒杯捏破了。

特麼，能把酒杯捏碎的力道，那是得有多氣憤啊。

七歲的夜諾偷偷瞅了慕伯父一眼，他突然覺得有點古怪，不對勁兒，那麼有錢的慕伯父，竟然不是因為老爸提出一個門不當戶不對的要求而生氣。

他，他竟然在激動。

莫名其妙的激動得要命。

「夜兄弟，你說真的？」慕伯父放下手中的酒杯，渾然不覺捏碎酒杯已割破手了。

鮮血直流也不在乎。

「如果慕兄弟你不嫌棄我兒子的話。」老爸瞇著眼睛，喝口酒。

這貴的酒就是好，入口醇厚，入喉留甜，比自己買的廉價二鍋頭好喝多了。

「怎麼可能嫌棄，哈哈哈。」慕伯父大笑著：「別是你們家嫌棄我們才好。」

他一邊大笑，一邊拽過躲在夜諾背後的慕婉，大聲道：「奶奶個熊，婉兒，你從今天開始就有老公了。」

七歲的夜諾，和七歲的慕婉，大眼瞪小眼。

夜諾是沒明白老爸和慕伯父到底在搞什麼鬼，一個富有階層把女兒嫁給社會的底層家庭，還一臉高攀的興奮。

這慕伯父，一家子也是些怪人，果然是物以類聚。

嗯，對，慕家，真的是一群子怪人。

最怪的就是慕婉。

她真不知道兩家大人明明只是在開玩笑嗎？

不，她顯然知道，但她在裝糊塗。

從那天開始，慕婉就以夜諾的妻子自居。純鈦合金鋼鐵直男的夜諾，哪裡在乎什麼感情不感情，他那時最喜歡揪女生的辮子，研究女生到底和男生有什麼不同，

每一次慕婉都會將向別的女生伸黑手的夜諾掰過來，一邊在其他女生的連連道謝中微笑，一邊讓夜諾研究她就好了。

只准研究她，一輩子都研究她。

奶奶的，慕婉有什麼好研究的。夜諾翻了個白眼，這丫頭片子討人厭得很，追著他一路從小學到初中到高中，險些都要被她追到大學。

如果不是夜諾在報考高考志願上耍了個手段，慕婉肯定要追進大學校園，徹底讓夜諾斷絕和所有女生的來往。

夜諾對女生不感興趣，他純粹只是煩慕婉罷了。

最後夜諾以高考滿分的成績，考入三流的春城大學，而慕婉去了倫敦大學。但哪怕如此，慕婉也會定期打視頻電話給夜諾，如果夜諾不接，她就會生生從倫敦飛回來。現在想來，慕婉已經有兩個月沒打電話。

等來的是她已經死了的噩耗。

夜諾搭車回到市中心，他仍舊面無表情，就在他想要進博物館前，猛地停住腳步。

他覺得有什麼在跟蹤自己。

猛地一回頭，卻什麼也沒有看到。

夜諾皺眉頭，轉了個彎，朝別的方向走去。

在他看不到的小巷拐角，一個陰森森的黑影，渾身冒著可怕的冰冷黑氣死死的盯著他看，由於是市中心，哪怕是偏僻小巷子也有人走來走去。

可沒有任何一個人能看得到這黑影，彷彿它根本就不存在，只是一團骯髒的空氣。

夜諾沒有回博物館，而是回到附近租的小套房裡。這小套房位於博物館附近，是個城中村，選擇這裡的唯二原因，一是離博物館近。

再者是便宜。

誰叫他窮呢。

進屋後夜諾看看時間，已經不早了，還沒有吃晚飯的夜諾泡了包速食麵，咕嚕咕嚕灌入五臟廟中。

倚靠在窗戶前，看著外面燈火五彩霓虹，他發了一會兒呆。

之後搖搖頭，簡單洗漱後閉著眼睛睡了。

沒多久，夜諾輕微的鼾聲響起，那股一直跟隨著夜諾的黑影飄飄搖搖，晃到夜諾的床前。

那黑霧非常骯髒污穢，黑煙不斷向四周散去，纏繞著這不大的房間，將一切東西都污染了一圈。

隨著一聲淒厲聲響，黑霧猛地向夜諾撲去，它飛入床下，整張床都搖晃不停。

夜諾睡得很死，床搖到快散了仍沒有醒來。

黑霧冷哼一聲，它身旁縈繞著越發淒厲恐怖的音效，猛地一翻身，黑霧又飄到夜諾身體上，死死壓住他。

黑濛濛的頭顱位置，湊到夜諾耳畔，不斷低聲細語什麼，那細微的聲音極為刺耳，話語彷彿詛咒，聽得人不寒而慄。

夜諾太累了，還是沒醒過來。

黑影不死心，這一次讓屋子裡所有的物品都飄浮起來，承載夜諾的床，也飄蕩在空中，桌子椅子、鍋碗瓢盆，甚至吃完的杯麵，開始互相碰撞。

如果這一幕有人看到，一定會驚訝到合不攏嘴。

奶奶的，這個屋子簡直在鬧鬼啊，現在的情況和傳說中的靈噪現象一模一樣，太可怕了！

眼看吃過的杯麵盒子就要當頭罩在夜諾的腦袋上，飄浮在空中的夜諾突然睜開眼睛。

「哼。」夜諾哼一聲，手捏個訣。

頓時一股無形的力量掃過，所有飄浮在空中的東西都被餘波擊中，紛紛掉落到地上，發出一陣劈哩啪啦的噪音。

黑霧顯然嚇一跳，嗖一下躲到床底。

夜諾的雙眼彷彿能在黑夜裡發光，他從兜裡掏出一道除穢符，厲喝道：「何方孽畜，還不快快現形！」

小小的屋子裡，寂靜一片，沒有任何聲音回應他。

「有膽子裝神弄鬼，沒膽子自己出來。既然你不敢出來我就自己找你，要被我找到，你就死定了。」夜諾惡狠狠的說著。

他今天心情非常不好，急需找東西發洩。

屋子裡仍舊靜悄悄的。

「開天光。」夜諾捏了一個手訣，拍在雙眼上，本就明亮的雙眼，頓時白光一閃，散發出白光。

他緩緩將屋子掃視一圈。

黑霧緊張的躲在床下。

「找到你了！」夜諾嘴角冷笑一下，手凌空一招，整張床就劈啪一聲被擊飛，露出床下的黑影。

「穢物！」夜諾看到那散發著濃煙的一團黑霧，惱怒的喝道：「竟然一路尾隨我，還膽敢想害我。去死！」說著，他用手中的除穢符，猛地向黑霧拍過去。

黑霧感受到除穢符中含有的強烈除穢力，還沒靠近，自己渾身的黑氣都要被剝離，要死了，自己就要死了！

它大驚失色，慌忙大喊道：「不要殺我！不要殺我！阿諾，是我，是我啦。」

黑霧緊縮成一團，怕得要命。

而夜諾手中的除穢符在距離它只剩下零點零一公分距離時生生停下來。

夜諾嘴角的冷冽緩慢融化，他收起符咒，抽了一把椅子過來，一寸一寸，緩慢的將這團穢物從頭到腳都打量一番。

不由得皺眉頭。

「還貌咒！」他捏個手訣拍在穢物腦袋上，穢物的通體黑色煙氣頓然消散，慢慢的露出一個白衣女孩來。

這女孩模樣俊俏，害怕的蜷縮著，蓮藕般的兩截雙腿半坐在地，纖細的雙手用力捂住眼睛。

她雖然捂著眼，卻一直都透過手指縫偷偷看著夜諾。

「把手放下來。」夜諾命令道。

「阿諾，你看得到我？」她極為驚訝，一邊說，一邊將擋住臉的手放下。

那是一張文靜淡雅的臉，臉上毫無瑕疵，黑色長髮一邊紮著，一邊柔順的垂在右臉側，那一雙撲乎撲乎閃爍著的大眼睛中，滿是星光。

這模樣竟然就是夜諾下午參加過的葬禮主角，夜諾的青梅竹馬——慕婉。

夜諾嘆口氣，慕婉變成穢物，也就證明她死了。可惜一個好好的女孩，屍體都沒有找到，怎麼就變成穢物呢？

這太奇怪了！

「阿諾，阿諾，你真的能看得到我！哇，果然不愧是我選中的老公！」慕婉先是驚訝，然後就雀躍的上蹦下跳，還伸開雙手抱住夜諾：「瞅瞅，就算我變成鬼，你都能看到我，我們是上天註定的夫妻啊。」

「別傻了，你只是因為某種原因變成穢物罷了。說科學點，就是身體中含有的暗物質太多，一部分從屍體內飄逸出來，就變成你現在這種弱小的形態了。」夜諾任由慕婉的魂魄抱著，一動不動。

「什麼暗物質啥的我聽不懂。嘻嘻，你能看得見我那就太好了，我最後的願望總算是實現了！」慕婉嘻嘻笑個不停，樂呵得彷彿自己還沒死掉一樣。

只要在夜諾身旁，就算只是待一小會兒她都會很開心。

她的小小幸福，就是這麼簡單。

開心一會兒，慕婉的笑容突然一怔，然後一口咬在夜諾的肩膀上，她用力很輕，怕咬痛他，但是夜諾的身體素質早已不像以前，他身體裡飽含豐富的暗能量，和穢物的能量相排斥。

還好夜諾控制著力量，任由慕婉啃，不然像慕婉這種連等級都沒有的弱小穢物，只要靠近夜諾，怕是都要被夜諾身體中自然散發的除穢氣殺掉。

慕婉啃了一會兒啃不動，便更氣憤了：「你這個沒良心的！」

「我怎麼沒良心了？」夜諾疑惑道。

這妮子就算是變成穢物，還是那麼二，那麼思維不縝密，她就一丁點都不奇怪為什麼自己和以前不一樣了。明明她已經不是人了，正常人是不可能接觸到她的，可自己不光能看到她，還能有手段攻擊她。

這女人的思維啊，就算是死後夜諾也搞不懂。

「你就在葬禮看了我一眼，只看了一眼就毫不猶豫走了，真沒良心，有那麼對妻子的嗎？」慕婉氣呼呼鼓著嘴，小嘴上都可以掛醬油瓶了。

她是真委屈。

不說抱著冰棺大哭一場嘛，至少也要有點表示才好，哪像夜諾看一眼就走，跟看毫無交情的陌生人似的。

夜諾還是不解：「一個衣冠塚有什麼好看的，看一眼都嫌多。」

鋼鐵直男的思維，女人也很難懂。

慕婉更氣了，正想說什麼，夜諾打斷了她：「對了，慕婉，你是怎麼死的？」

「啊！」慕婉果然被帶了節奏，冥思苦想一陣後，一臉愕然：「我不知道啊。」

「你果然不知道。」夜諾淡淡從床頭抽過了一疊厚厚的紙，丟到慕婉的身旁：「接到你的死訊後，我就調查了月前你失蹤的那一趟嘉實輪，不查不知道，那個可不簡單，同一天，一共有十三個少女跳江自盡。」

慕婉就是十三個人其中之一。

慕婉低頭看看那份資料，資料上一共排列了千人上下，船員207人，遊客892名，詳細到名字、住址，還有身分證號碼。

臥槽，這麼詳盡的資料，夜諾是從哪裡搞來的。

「你調查這些人幹嘛？」慕婉疑惑的問。

夜諾撇撇嘴，聲音很冷漠，但是說出來的話，卻石破天驚：「你死了，在同一時間，和同樣十二個少女一起自殺——哪有那麼多巧合？所以你的死肯定是人為的，這上千個乘客和船員中，肯定有謀殺你的兇手，甚至不止一人。」他嘴角翹起，一字一句緩慢的道：「我沒那麼多時間替你報仇，既然你已經死了，死在船上，那麼這一千人也沒有活著的必要了。」

夜諾的話讓慕婉徹底驚呆了，沒想到自己在夜諾的心裡還是有分量的，為了自己，夜諾居然要殺死一千多人陪葬，根本不在乎，其中兇手是誰，有沒有無辜的人。

慕婉怪叫一聲，感動得痛哭流涕，用力將夜諾緊緊抱著：「我就知道，阿諾你果然是在乎我的，你以前對我冷冷的，一定是裝的對不對，嘻嘻，我就知道你最喜歡我了，嘻嘻嘻。來，啵兒一個！」

說著就尖著嘴巴，想要把漂亮的紅唇印在夜諾的臉上。

夜諾嫌棄的將她一把給推開了！

「切，你不愛我了。」慕婉嗚嗚的捂著臉裝哭。

這個女神經病，死了都是神經病。

夜諾嘆口氣，想要揉揉她的小腦袋，可是那柔順的頭髮只在眼前，手卻從她的腦袋中穿過去。

慕婉的身體，不停的冒著黑氣，黑氣越是飄散，她的身體，就變得越是單薄透明。

「你到底來找我幹嘛，專程來嚇我的嗎？」夜諾轉過臉，她其實已經撐不了多久了。

畢竟，她已經死了，身體內的暗能量只要耗盡，就會徹底飄散消失。

這是宇宙的規律，無法違背。

「你忘了嗎？我們小時候拉過勾勾，就算是對方死了，也要變成鬼，回去見對方最後一面，道個別，告訴對方我很好，你要好好的認認真真活下去。」慕婉抬起頭，她流露出一絲淒淒的笑。

夜諾不語。日了狗的拉勾勾，那是你在我八歲的時候，趁著我打不過你的時候，強迫我拉勾勾的好不好。

說實話，就算是現在，夜諾也不一定打得過慕婉。雙方家長玩笑的訂下娃娃親後，不光慕婉當真了，冰冷如同千年雪山的二媽也當真的。

她捨不得鍛鍊夜諾，就乾脆鍛鍊起他未來的媳婦，鍛鍊的那叫一個狠啊，可慕婉這妮子心境也強大，從來就沒有叫過苦。

慕婉很強，普通十多個壯漢都近不了她的身。

在那艘嘉實遊輪上到底發生了什麼？竟然有人能殺了她，還偽裝成自殺，甚至一殺就殺了十三人。

怎麼想都讓夜諾聞到陰謀的味道。

「我只知道我死了，具體怎麼死的，在遊輪上發生過什麼事情，我完全不記得了。只知道臨死的時候，有一個念頭一直不散，我想再見見你，我只有這麼一個小願望而已。」慕婉的笑還是很美，白白的小臉因為逐漸透明，別帶著一絲靚麗。

她從夜諾的懷裡站起來，飄在空中，白色長裙在空中飛舞不休，彷彿像是天上的仙子，仙氣飄飄，哪裡像是個死掉了皮囊的穢物。

「我的願望實現了，現在死了，也不足惜了。」慕婉一揚長髮，瀑布般的黑髮飄逸著星光閃爍：「我知道當我變得透明的時候，就是我徹底死透的時候，阿諾，永別了。」她緩慢的上空飄走，眼中帶著惋惜，帶著不甘，還帶著對夜諾那執著的深深的愛意。

她眼看著就要穿過天花板，整個人的身體透明得再也無法看到。

夜諾呸了一聲：「我沒允許你死，你就不准死！」

說完，他咬破指尖，幾滴鮮血流出來，右手猛地掏出一張黃紙，就著指尖血液，不斷在黃紙上寫寫畫畫。

殷紅染遍黃紙，很快，幾個除穢文就寫好了，他花了接近全身所有的暗能量灌入符咒中。

說時遲那時快，就在慕婉快要消失不見，穿過天花板的瞬間，他將那張符咒啪一聲貼在她額頭上。

白光一閃，定魂咒成。

透明到幾乎不可見的慕婉，身體突然就凝固結實。她哎呀一聲從天花板上跌落，落在地上：「嗚嗚，痛。好痛。」

她摔到屁股，瞪著圓溜溜的大眼，驚訝的伸手望著自己不怎麼若隱若現的雙手，怪道：「咦，我明明就要消散，怎麼又回來了？阿諾，你到底對我做了什麼，你怎麼做到的！咿咿，不對啊，以前你明明只是個智商高一點的普通小屁孩，根本不會做這些事情的，你哪裡學來的？」

夜諾捂額頭。

這個女神經病，不光腦子有問題，而且神經弧度還不是一般的長，怎麼現在才意識到？哎，就算慕婉變成穢物，還是那麼笨啊！

02
慕婉

無論生活的鞭子抽得有多狠，但人類總得繼續向前，因為時光不後退，哪怕不向前走，也終究無路可退。

這道理並不是所有人都明白。

但夜諾清楚。

「先別管我為什麼會這些。」夜諾看著在屋子裡飄來飄去的慕婉，他很無語，這傢伙一丁點都沒有做鬼的自覺。

現在魂魄穩定點了，居然準備替自己打掃衛生。

「喂喂，你不要去碰桌子上的杯麵地上的垃圾。你知不知道，你每次接觸物質層面的東西都會大量損失穢氣？」夜諾氣不打一處來。

自己利用咒術好不容易才穩住她的魂魄。

「可你屋子裡好髒啊，跟垃圾堆一樣，作為處女座的我實在是受不了啊。」慕婉睜大眼睛表示很難受。

「你屁的處女座，你明明就是雙子座。」

「嘻嘻，我就知道阿諾你心裡還是有我的，連我的生日都還記得。」

夜諾氣不打一處來：「我腦子有病你又不是不知道，記住的東西想忘記都忘不了。喂，叫你停手啊。」

這丫頭明明臥室都經常扯得跟個豬窩似的，從來都懶得打掃的雙子座，可每次到夜諾家就賢妻良母了。

「好嘛好嘛，不收拾就是了嘛，聽你的。」慕婉低聲咕噥著，被夜諾一指，乖乖的坐到床邊上。

夜諾忍著性子，解釋道：「你知道自己現在的狀態嗎？你經常迷迷糊糊的，說不定你現在連自己變成個鬼都不清楚咧。」

「阿諾，就算我再笨再迷糊，我也知道自己現在可能已經變成鬼了哦！」慕婉雪白的雙手舉高高，垂著兩隻小爪子，張大嘴巴，吐出可愛的舌頭裝厲鬼。

周圍的氣氛頓時涼了。

夜諾在她頭上敲了一下：「少用穢氣影響周圍的溫度，你的魂不穩，隨時都會死掉。」

「嗚嗚。」慕婉很委屈：「那我該怎麼樣嘛？明明我只是想回來看你最後一眼，魂都要散了，結果你活活把我拉回來。咦，你該不會是捨不得我吧？」

說到這，慕婉頓時就笑了，笑得整個房間都彷彿搖曳著盛開的鮮花，媚態十足。

「我的穩魂咒，撐不了多久。最多再兩個小時你魂魄還是會散去，徹底在人間消失。」夜諾嘆口氣。

慕婉仍舊笑著，臉色泛紅：「可我最後的心願，已經了了，再多活兩個小時更夠本了。還有兩個小時耶，嘻嘻，阿諾，要不要和一隻美人鬼做些羞羞的事情？人家的第一次，和你的第一次好像都還在吧。」

來了來了，慕婉的特技，一本正經羞紅著臉，用最清純的表情說葷段子。

但是這一招對千錘百鍊的夜諾毫無作用，夜諾摸著下巴，腦子裡不斷思索著什麼。慕婉在長江上失蹤後，屍體沒有找到，她的魂因為最後的願望，來到自己身旁。

可是單純的魂，只是一股擁有執念的暗能量罷了，但慕婉竟能夠在臨死前將魂力凝結，跨越了上千公里的距離找到他。

這已經算是一種奇蹟。

但人間哪有那麼多奇蹟，夜諾沒有撒謊，最多兩個小時慕婉就會徹徹底底消失，再也沒有痕跡。

眼中突然劃過從前自己和慕婉的一幕一幕，以及今天下午伯父伯母哭泣的臉。

他的心少有的痛了一下。

他不能放慕婉走，絕對不能放。放了，慕婉就真的不在了。

慕婉端正的坐在床沿，托腮看著夜諾不斷思考的模樣。嘻嘻，真帥，果然是自己打小就認定的男人。

他一定在想怎麼救自己。一如他從小就在自己面前嘴臭，卻總是會幫自己那樣。

七歲的時候，她和他去養馬河邊上玩，突然上游放水，自己嚇傻了，夜諾一咬牙，一邊叫她笨蛋，一邊揹著她拚命往岸上跑。

兩個人的鞋都掉了，夜諾看著她白白嫩嫩的腳，沒有將她放下，而是一路揹著她回家。

八歲那年，自己被同班的女生排擠，那女孩命令全班都不准和她說話，夜諾卻總是和她說著話，陪著她，就連運動會都和她跑兩人三腳。最後也是夜諾，不知道用了什麼手段，將那個女生弄得很慘，慘到轉了學校。

九歲那年……

人生的一幕幕如同走馬燈。雖然之後自己被夢阿姨鍛鍊到很強，再也沒有人敢欺負自己了，但她在夜諾面前，始終是一個膽小害羞的小女生。自始至終，只愛著他。

慕婉靜靜的看著夜諾思考，夜諾想了多久，她就癡了多久。

突然夜諾的眼中猛地閃過一絲精光，彷彿做了決定。

慕婉隨著時間流逝，本來凝實的模樣，又開始縹緲，嘴角始終帶著微笑，哪怕是終究要離別，也要在愛人面前，在最後一刻，都美美的。

這是所有女人的執著。

「跟我去一個地方。」夜諾伸手，抓住慕婉的手。

「嗯。天涯海角都跟你走。」慕婉哪裡不知道情況，她明白得很，夜諾撒謊，她根本就沒有兩個小時時間。

最多再半個多小時，自己就會徹底消散在空氣中。她笑得很開心，因為這是生平第一次夜諾主動牽手。

她並不認為夜諾真的能救自己，雖然夜諾從小就是個智商高的屁小孩，但智商再高也不能將死人救活。

「啊！」慕婉正準備說一句葷段子緩解氣氛，突然夜諾用力一拉，整個身體都如同氣球一樣飄起，被夜諾抓著的手變成放風箏的繩子。

慕婉被夜諾加速往前跑的速度，放起風箏。

這一點都不浪漫。

夜諾腳步不停，走出小屋，然後一路朝著市中心的偏僻處衝刺，他的速度非常快，快到內心的焦急都溢於言表。

「慢一點慢一點，別摔倒了。」風箏似的飄在夜諾後邊的慕婉驚呼道。

很快兩人來到一個空蕩蕩的小巷子深處，這裡明明什麼都沒有，可夜諾卻滿臉嚴肅。

「阿諾，你帶我來這兒幹嘛？」慕婉問。

「救你的命。」夜諾不多言，他閉上眼睛，暗暗道：「兌換一張門票。」

——博物館門票十點積分一張，檢測到您的積分足夠，兌換成功。

冰冷的女性聲音從夜諾身體內的那一串鑰匙中傳來，闖入腦海。

接著唰的一下，夜諾原本空蕩蕩的手心裡出現一張泛黃的、彷彿鬼畫符的長條形紙張，這張門票很不顯眼，暗色調，上邊的符號很古怪，看不懂。

「咦，這是什麼？」好奇寶寶慕婉問，作為穢物，她比人類更加敏感。這丫頭能從那平平無奇的紙上，看出一股震懾人心的恐怖感，彷彿那張薄薄的紙中蘊含著可怖的毀滅能量。

只要貼在她身上，她必死無疑。

「這是博物館門票。」夜諾簡單的回答：「忍著，我要貼在你身上。」

「可這張門票好可怕，我會死的。」慕婉非常恐懼。

夜諾沒理她。

想要進入暗物博物館，自己在任務期間，也不過只有一次免費的機會罷了，別的人或者穢物，除非有門票，不然是進不去的。

可想要救慕婉，就必須帶她進去。

博物館位於時間和空間的裂縫中，長年處於量子態。人的魂魄到底是怎樣的存在，是不是真的只是單純的一團帶著思念的暗能量，夜諾沒研究過。

但是根據從前看到的手記，只要進入博物館，哪怕是一絲殘魂也能多活一段時間，至於那段時間能有多長，因人而異。

像慕婉這麼弱小的魂，至少也能延長個幾天的樣子。

幾天時間，足夠了！

夜諾在門票上寫下慕婉的名字，還有她的生辰八字，字剛寫完，慕婉驚訝的發現，原本形成巨大威脅的門票，竟然瞬息就沒了氣息，變得更加平淡無奇。

似乎就算碰到也不會受傷了。

「站穩了。」夜諾不由分說的將門票貼在慕婉額頭上，之後用力將她往前一推。

「推我幹嘛！哇，這是什麼地方！」慕婉驚叫著跌跌撞撞的向前飄去，一路飄，飄著飄著，眼前竟然從虛無中出現了一座陰森森的，氣勢極為強大的黑色建築群。

就在她要靠近前，慕婉額頭上的門票，猛地閃爍出一道精光，建築物的門頓時就敞開，她被慣性帶了進去。

站在荒廢的前花園，倒塌的噴泉前，她好奇的左顧右盼：「阿諾，這裡到底是哪裡？」

「這是暗物博物館，我是這兒的管理員。」夜諾說。

「哎，我就說阿諾你不懂收拾嘛，家裡跟豬窩一樣，這什麼博物館，直接就比豬窩都不如了。」看著荒廢蕭條，四處都是蒿草的廣場，慕婉拍拍額頭：「這麼好的地方，被你荒廢成這樣，真浪費。」

說著，這隻只有魂的女鬼，就用雪白赤腳不沾地，飄著到處找掃把，準備打掃衛生。

臥槽，你是對打掃衛生多執著啊，你真的是回來就見我最後一面的，不是回來當清潔大媽的？怎麼以前十多年也沒見你把自己的臥室打掃乾淨過。

性情平穩如夜諾，也禁不住腦門上跑過一群草泥馬。

他一伸手，將慕婉手中的掃帚搶走，遠遠扔出去：「你進來後，感覺怎麼樣？」

「嗯，什麼怎麼樣？啊，啊啊啊啊！」慕婉疑惑片刻，終於明白夜諾的意思。她連忙感受一下，然後大為震驚的發出一長串的啊：「我好像又結實了一些，可以活很長時間了。」慕婉驚嘆道，喜不自禁，自己又可以和夜諾廝守一些日子了。

夜諾眼中精光一閃：「你覺得你能活多久？」

「一天半吧，嗯，最多了。」慕婉樂呵呵的在四處飄來飄去。

夜諾眼中的精光頓時熄滅，不由得有些失望，才一天半，比理想狀態少太多了。這小丫頭真不是一般的弱。

天可憐見，夜諾也陷入思維的死角。

能夠在暗物質博物館的房間裡留下手札的管理員，當初都非常牛逼，實力強大，他們想要挽回的生命，大多都是至親。

那些管理員的至親，任意一個，大多都會在管理員的刻意教授下變得強大無比。最差也是B級別以上的除穢師，甚至還有A級以及超A級別。

強大的除穢師哪怕是死了，殘魂也會強大，哪裡是慕婉這個除了力氣大有點功夫的普通人能夠相比的。

「一天半，一天半……」夜諾喃喃自語：「有點緊！」

慕婉托腮，頭仰天，飄在空中，她見夜諾一直在自言自語，忍不住問：「阿諾，你到底在自個兒嘰哩呱啦什麼？」

「你一直都是殘魂狀，始終不是個辦法。」夜諾搖搖頭，道：「我得給你找個身體。」

「找身體？」慕婉愣了，自己的身體不是早就落入滾滾長江水中了嗎，哪裡還找得到？

「先找個臨時的身體用用吧。」說完這句話，夜諾頭也不回的將慕婉獨自丟在前花園，跑到第三扇門前。

這扇門已經被夜諾在前些天打開了，裝著陳老爺子骨頭的青銅盒子，照例也被門給獨吞了，他本打算利用這個月的休息期，好好的休養一下，看看書，提高一下實力。

沒想到天不如人願。

剛將第三扇門內的書籍手札拿起來，還沒來得及去查看櫃子中的獎勵是什麼，就接到慕婉的死訊，他連忙匆匆出去。

再一次踏入第三扇門，夜諾很趕時間，畢竟如果想要給慕婉找個臨時的身體，這難度不算小，時間也非常緊迫。

第三扇門後邊，中央部分仍舊是一個大大的玻璃櫃，櫃子裡，裝著一個特別小的面具，那是老王叔叔的面具。

雖然真正的老王叔叔被封印在島上村的下方，還有新的掌燈人看住，可它的其中一個被夜諾殺掉的分身，還是被帶入博物館中展覽。

夜諾來到書桌前，將抽屜拉開。

抽屜裡有幾樣東西，夜諾看也沒看。他拿起了其中的那張白紙。

白紙在他接觸到的瞬間，一筆一劃，出現許多排黑色的字跡。

管理員編號 2174：夜諾

等級：見習期一級管理員

身體綜合素質：8

智商：190

暗能量：69

博物館許可權點：97.7

擁有遺物：開竅珠（1230），翠玉手鏈（殘破6），百變軟泥（一公斤），看破（初級）

您本次的任務評價為S級，特獎勵您三個遺物。

夜諾撇撇嘴，心裡略有些高興，可能是上次的任務實在太難，以弱小的等級殺死了老王叔叔的一個分身，所以評價頗高。

他現在的實力有了些許進步。

暗能量超過五十點，達到除穢師中的 F4 級標準，但是自己擁有大量的除穢術知識，而且體內能量精純，遠遠不是普通的除穢師能夠相比的，所以純粹靠實力，應該相當於除穢師中，E2 或者 E3 的存在。

至於綜合實力，那就更難以評斷了。

而博物館許可權，這一次直接暴漲了九十點，夜諾感覺簡直變成個土豪，當初兩個任務完成，他也才得到沒多少許可權，還通通都用了個精光。

對於這所謂的許可權點夜諾有個猜測。

不光是完成任務，甚至殺掉穢物，也是能獲取的，殺死的穢物實力越強大，得到的許可權點就會越多。這樣才能解釋為什麼本次的許可權會有那麼多。

因為畢竟自己殺掉了老王叔叔的一個分身啊。

身體綜合素質，也提高了一點，雖不多，不過能明顯增加存活率，只有身體好，吃嘛嘛香，才能在殘酷的世界裡活下來。

夜諾依次看了抽屜裡的三種遺物，每一種都是好東西，可夜諾最終嘆口氣，碰也沒有碰它們。

他砰一聲將抽屜合攏，抬頭，用穩穩的聲音，對著空氣說：「博物館，我想兌換一些東西。」

根據書架上的手札，夜諾知道博物館中的某些普通遺物是可以用積分和獎勵的遺物兌換的。但博物館並不會給你列表，你必須要想清楚，你要兌換的是啥，以及付出的代價。

這很合理，也很不人性化。

那冰冷的女性聲音，並沒有出現。

夜諾也沒在意：「我想用所有權限點，和抽屜裡的三個遺物，來兌換九十六斤（中國大陸一市斤為五百公克）百變軟泥。」

「編號 2174 管理員，您的當前許可權不夠，只允許兌換六十斤。」冰冷的女聲，終於響起。

夜諾長長的鬆口氣，只要能兌換就好，哪怕只有六十斤也勉強夠了，就怕博物館不給他兌換。

「請確認兌換。」

「確認！」

滴滴幾聲之後，女性聲音又道：「交易轉換完成。扣除許可權點六十，扣除兩件特殊遺物。」

緊接著夜諾的眼前，出現了一大坨黑黑的沉重泥巴，好大一坨，看得夜諾狂喜不已。雖然許可權點減少到三十幾點，可意想不到的是，自己這次得到的三件遺物，還能留下一件。

真值。

夜諾拉開抽屜，裡邊只有一本泛黃的書，這本書看得他心臟直顫，沒想到博物館留給他的遺物，竟然是自己最想要的。

這本書內只記載著一種術法——破穢術。

這是博物館特有的特殊知識類遺物，非常寶貴，據手札中提及，許多前輩想得到，可終其一輩子也不可得。破穢術這個遺物，想要入手的難度極高，而且有極大的隨機性。

例如在第二扇門中放入手札，創造了血術的前輩，他不斷殺死世間穢物，積累積分，也沒能將這本咒術書刷出來。

何況這本書並不是人人都能學會，因為，它實在是太適合夜諾的天賦了。

破穢術這特殊知識性遺物，非常玄，而且越到後期威力越大。這個咒法有個最特別的地方，那便是只要習得破穢術的夜諾，腦子裡積累學習的除穢術法越多，知識體系越豐富，他就能利用破穢術，瞬間破除敵人的咒術。學到後邊，天下之大，無穢不可破，一根手指，破天，破地，破盡千萬咒法。無論什麼除穢咒，一根指頭，夜諾就可破掉。

變相的天下無敵啊！

怎麼想都跟令狐沖從風清揚手中學來的獨孤九劍同樣屬於一種牛逼類型。

這令夜諾非常雀躍，現在他最大的困擾，就是實力不夠。但是他腦子好，過目不忘，而且博物館每完成一個任務，就會打開一扇門，每一扇門中，都擁有大量的前人手札筆記和書籍。

這是夜諾跟其他除穢師比最大的優勢。

只要學得夠多，他還怕個屁。

遇到什麼咒術、除穢術，他抬起一根手指，裝逼的一指頭過去，就輪到攻擊他的人嚇得大小便失禁了。

夜諾激動到小心肝在顫抖，他微微伸出手，拿起那本泛黃的書籍，可手一接觸到書，那本書嗖的一下就鑽入夜諾體內的開竅珠中。

同一時間大量的知識灌輸入大腦，令夜諾醍醐灌頂，許許多多不懂的東西塞滿了腦海。

過了許久許久，夜諾才猛然間睜開眼，他的眼中精光一閃，彷彿多了什麼，又彷彿什麼也沒有變化。

「好東西！」他哈哈大笑。

這破穢咒完全是和除穢師們爭鬥的一門咒術，難怪前輩們想要得到卻得不到，因為它本身就是一種遺物，只有那本書在開竅珠中時才能施展，非常神奇。而且，它還需要和看破配套使用。

教，是不可能教會的，不能複製，更不能給予別人。

這很玄妙，無法解釋。

使用倒是很簡單，像是用大量閱讀理解各種除穢術，然後配合遺物看破看出除穢術的漏洞，若成功就能一指破掉，要是失敗，對方的除穢術能打到你懷疑人生。

這是只能成功不容失敗的咒法，一環扣一環，如果夜諾沒有得到遺物看破，哪怕得到破穢術也沒卵用。

這博物館中的水真是太深了。

夜諾甩甩頭，將欣喜甩開，平靜下心態，看向腳下那一大坨百變軟泥。

材料夠了，現在就要進行最關鍵的那一步了。

一天半之後，夜諾緊趕慢趕，終於完事，看著昨天還是軟噠噠的一團爛泥變成現在這副模樣，他很滿意。

成果還算不錯，要不是自己有過目不忘的病，慕婉肯定是沒救了。

幸好結果不錯，眼前的東西臨時用用還是沒問題的，只是不知道能用多久。

夜諾將搞定後的成果揹起，快速走出第三扇門。

慕婉被夜諾扔在門外邊，想要進去又進不了，氣呼呼正抱著膝蓋飄在空中。她的身體已經輕薄得彷彿塵埃，像是一陣風吹過就會散去。

她就要徹底死去了。

眼見這個死鬼好不容易才出來，慕婉噘著嘴，咬著唇，不開心的道：「夜諾，你還捨得出來，人家馬上就要死翹翹了，你理都不理人家。」

糟糕，都叫夜諾全名了，這是真的很生氣。

夜諾啪的一聲，將背上的東西丟在地上，對著她努了努嘴：「試試，看看合不合身。」

這語調彷彿是讓慕婉去換一件衣服。

慕婉果然被帶了節奏，她有點好奇的低頭一看，頓時嚇得不輕：「這是屍體？」

只見地上一具大約十歲女孩子的身體軟綿綿的仰躺在地，雪白的腿，蔥般雙手，吹彈可破的皮膚，很萌的比例和絕佳蘿莉身材。

這小蘿莉不是一般的美，可現在的她，彷彿沒有靈魂般玩偶似的一動也不動。

「你殺的？」慕婉眨巴著眼睛，一臉感動：「阿諾，我就知道你最愛我了，為了我，你從哪裡殺了一隻小蘿莉讓我附身？」說完她又有些困擾：「可我當鬼當得很羞愧，太弱小了，根本沒有附身的技能啊。」

「你弱智啊！看她的臉。」夜諾氣急，慕婉的弱智已經寫進基因裡了，完了完了，以後誰娶了她，誰倒楣，下一代智商堪憂啊。

「哦，嗚嗚，別罵我嘛。」慕婉被罵了，只好看向小蘿莉，一看之下，又是長長噫了一聲。

這臉好熟悉。

圓潤下巴、小巧的鼻子、大眼睛，還有那小鹿似的長睫毛、櫻桃小口，以及貧瘠的飛機場。

一切的一切分明都是她慕婉十歲時候的模樣。

「哇！」慕婉頓時又嚇了一大跳，她除了驚訝，已經找不到別的表情了。

「別哇了，這是我特意替你做的身體，你試試看有沒有問題？」夜諾說得很輕巧。

雖然自己付出的代價極為慘烈，慘烈到足以讓他今後完成任務時，極大降低生存率，畢竟在前期就放棄兩個遺物和六十點積分，只為了換取六十斤的百變軟泥，這很不划算。

百變軟泥雖然用處大，可只在它的變化能力，利用範圍其實也沒有那麼廣，屬於可有可無的遺物。

但是夜諾倒是不覺得肉痛，反而覺得很值得。

這六十斤百變軟泥能夠極大的延長慕婉在世上的時間，百變軟泥可以隨著主人的心意變化，在變化過後，親和力極強，雖然不能徹底代替慕婉真正的身體，可有了個軀殼，她的魂魄消散的速度會減慢很多。

之後夜諾再不斷施展穩魂咒，應該可以保她再多活一個月。

「這副軀殼能夠保護你，快點進去，你的時間不多了。」夜諾催促道。

慕婉本來就有點呆萌，她就算變成鬼，也沒辦法理解夜諾怎麼會有這麼多神奇的手段，竟然連身體都能製造出來。

但是她很聽話，沒有多問。

被催促著，慕婉連忙發出一連串的「哦」，然後身影一飄，飛入地上的軀殼中。

不多時，地上的小蘿莉抽筋似的動彈一下，接著發羊癲瘋般抖動不止。慕婉剛開始並不適應這個新的身體，好半天，才研究出怎麼控制它。

又過了一會兒，這才緩慢的、跌跌撞撞的站起，她用力拽著夜諾的褲子，怕一放手就會倒下去。

「怎麼樣？」夜諾問。

慕婉沒有回答，她張開嘴，許久後才發出音調。

那是一串銀鈴般好聽的蘿莉音，但是說出來的話，卻和夜諾想的不太一樣。

「喂，阿諾，為什麼我才只有十歲！」小蘿莉悶悶的，小臉還帶有嬰兒肥，她一抬頭，大眼睛上還有一滴淚水，她莫名其妙的生氣：「我二十歲的迷人胸器呢？我的大長腿呢？我不要當小屁孩，嗚嗚嗚。」

夜諾險些沒站穩，這丫頭是笨蛋嗎，明明都已經死了，還在乎什麼胸器大長腿。有一副軀殼將就用就行了，哪管得了那麼多。

「不管不管，你還我胸器，還我大長腿。這副身體人家想和你做羞羞的事情，都怕你會被員警當作戀童癖抓起來。」裝入小蘿莉軀殼的慕婉，發著小孩子脾氣，使勁兒的搖晃夜諾。

夜諾用力朝她腦袋上一拍：「你白痴啊，能在一天半之內做出能用的軀殼已經是我現在的極限了，你知道有多難嗎？」

沒想到一拍之下，本來就和軀殼連接不穩的慕婉，眼睛一翻，身體就倒下去，她的魂被夜諾一巴掌拍出，朝天空飄去。

她的魂太單薄了，越飄越高，這是又要升天的節奏啊。

嚇得夜諾連忙捏個手訣，把她的魂給攝下來，再次塞入小蘿莉的軀殼中，之後又畫了一道穩魂符，貼在軀殼的背上。

「呼，差點死掉。」慕婉一頭冷汗，用力拍拍自己的飛機場。

「感覺怎麼樣？」夜諾問。

「還不錯，只要是在軀殼內，應該還能活一段時間。可出了軀殼，估計也就能活個幾分鐘罷了。」慕婉摸摸新身體。

這具身體完全和自己十歲時候一模一樣，就連腿上那一道十歲時候摔傷的傷口都成功再現了。

這真是個奇蹟。

「你怎麼做到的啊，阿諾？」慕婉覺得很神奇，也很新奇。

夜諾不由得意道：「做這件事有運氣的成分。我用六十斤百變軟泥，把你的身體成功還原了。筋骨血脈，體重三圍，甚至每一寸肌膚都一樣。如果不是我的記性好，根本就不可能成功。」

百變軟泥要想要變成實物，並不容易，夜諾用著很簡單，但是在歷代博物館管理員手中，這遺物簡直就是雞肋。

能變化成任何東西固然好，但是物質是守恆的，不可能你隨便想出啥幻想物件，百變軟泥就能變出來，哪怕真的變出來的，也不過只是虛有其表的空殼而已。

例如一把劍，你要在腦子裡回憶劍的材質，長短，分子結構，這還比較簡單。但是槍就不容易了，要具象化它的槍管，扳機，外殼，子彈材質和火藥成分。

更複雜的，例如電磁砲這種高科技，普通人根本接觸不到，更不清楚它的原理，叫遺物的主人怎麼變？

又例如人的身體。

如果不是夜諾的記憶逆天，將慕婉這青梅竹馬的身體記得很清楚，那也遠遠不可能成功，而且百變軟泥能變出來的，永遠都只是一坨肉的軀殼而已，不可能有自己的靈魂。

生物的靈魂，是人類永遠製造不出來的。

慕婉很鬱悶：「我的意思是，阿諾，你為什麼只把我的身體做到十歲？不能做個二十歲翹臀豐滿啥的御姐嗎？」

「白痴，我的百變軟泥只有六十斤。」夜諾撇撇嘴。

突然，慕婉像是又想到什麼，她扯開白色連衣裙朝裡邊看看，頓時就滿臉羞紅：「你怎麼那麼熟悉我十歲時候的身體？」

夜諾滿不在乎的說：「因為你小時候老是和我玩醫生和病人的遊戲啊。」

嗯，現在想來，好像在慕婉十歲之後，就拒絕和自己玩這個遊戲了。可惜，夜諾對研究異性的身體區別，還是滿有興趣的。只是慕婉每一次都臉紅拒絕，自己又打不過她，她又不讓自己研究別人……

呃，簡直就是莫比烏斯。

之所以將慕婉的身體設定為十歲，不光光是因為百變軟泥只有六十斤，最主要的一點，他這個鋼鐵直男少有的求生欲告訴他，絕對打死都不能說出口。

那就是，他最後一次看慕婉的身體那時候剛好十歲，百變軟泥，變不出他沒有看過研究過的東西。

不過慕婉還是從他的隻言片語中推測出來，哪裡還不明白。

小蘿莉臉紅得像是紅富士，眼中含淚，小拳頭不斷捶打夜諾的胳膊：「阿諾是混蛋，阿諾是笨蛋，阿諾是大色狼，阿諾太色了，阿諾不要臉。」

夜諾一陣無語。

冤啊！女人耍起脾氣不講道理，上哪兒說理去！

03

死魚死蝦

生活、閱歷，會把一顆透著鋒芒的礫石打磨成一顆保護自我的鵝卵石，誰知道，其實每一顆鵝卵石當初都是有稜角的。

至少從小被保護得很好的慕婉就是稜角分明，只不過，今天的她將稜角收藏了，愣愣的看著眼前的一切，淚眼汪汪。

天雨。

朦朦朧朧的小雨遮蓋視線，讓這世間萬物蒙上一絲淒涼。

有著十歲身體的小蘿莉，穿著黑色的套裝，戴著黑色的帽子，遠遠看著送葬的隊伍。

慕婉在今天做了一件大多數人都不可能做到的事。

她參加了自己的葬禮。

慕家人丁凋零，她是獨生女，所以參加葬禮的人數並不多。慕伯父在春城寸土寸金的高檔墓園中，買了最上風上水的豪華墓地，佔地足足有兩百多平方公尺。

一行穿著黑衣的殯葬人員，抬著沉重的楠木棺材，碩大的棺材，內部卻空蕩蕩的，只有慕婉的一件衣服。

送葬的人在細雨中站立。

慕伯父和慕伯母沒有打傘，雨水順著他們的臉頰滑落，打濕頭髮，打濕肩膀。慕婉看得心痛。

人間最痛苦莫過於白髮人送黑髮人。

只有近一百五十公分高的小蘿莉，雙手緊緊拽著夜諾衣袖，她眼淚流個不停，她心疼父母，也明白父母的痛苦。

可偏偏她不敢上前相認。

自己依然是一絲殘魂，比父母早死已然是極大的不孝，現在貿然以十歲時候的模樣冒出來，站在父母面前，不要說父母相信不相信，他們信了，才是更痛苦的開始。

畢竟自己頂著這個軀殼，也最多再活大半個月，半個月後，徹底消散的自己會再一次深深的折磨父母。

哪個父母不希望女兒長壽？哪個父母不希望女兒幸福？做兒女的，同樣如此。

這些道理慕婉都懂。

遠遠地，哀樂響起。墓園中慕婉的衣冠塚開始落棺材了，沉重的棺材被放入深坑中，慕伯父站在墓前想要講些輓詞。

那輓詞明明已經寫好了，明明已經深深的刻在腦海裡，但是慕伯父幾次哽咽，始終一句話也說不出口。

悲默之心大於死。

獨生女意外死亡對兩個中年人造成的打擊，比想像中更加慘烈。

「下葬！」慕伯父用寬大的手掌掩著臉，最終什麼話也沒有多說，接過風水師手中的鏟子，率先鏟了一點土到棺材上。

黃土撒落，紛紛揚揚。

人道是塵歸塵土歸土，可惜自始至終，慕婉的屍體卻無法找到，只殘留一件衣裳。

看著父母悲傷的樣子，慕婉再也忍不住了，她想不顧一切撲上去告訴父母，自己還沒有死，自己還在這裡。

夜諾眼疾手快，一把拽住她。

看著淚眼曚矓的慕婉，夜諾輕輕的摸摸她的小腦袋：「忍耐一下，我們還有半個月時間，交給我就好了，我總會救你的。」

感受著夜諾手掌的粗糙觸感，很神奇，慕婉的心頓時就平靜下來。

她不再說話，小小的頭依靠在夜諾的腰上，及腰長髮在風中飄來飄去，今天的雨真涼！

葬禮繼續，慕婉的棺材被徹底埋好，墓碑豎立起來。花了十多天才刻好的墓碑上也嵌了慕婉的照片。

她盈盈笑著，眼中有光，那恬靜淡然又帶著一絲迷糊的臉，和墓園的風景很不搭。

「原來看著自己下葬是這種心情。」慕婉苦笑：「真不好受。」

墓碑上刻著兩行字：

愛女慕婉之墓，享年二十歲

她是好女兒，也會是一個好妻子，但是她的時間，永遠留在二十歲。

慕婉的眼睛在墓碑的字上停留了一下，然後突然道：「放屁，本女子現在明明才十歲。」

夜諾沒幽默細胞，瞪了她一眼後說：「走吧。」

「去哪兒？」慕婉疑惑。

「去找你真正的身體。」夜諾嘆口氣：「只有找到你的身體，我才有辦法留住魂魄更長時間。」

現在慕婉用的是百變軟泥變化而成的十歲外表的軀殼，終究是外物，就如同一層防護服，再穿半個月就不能用了。

雖然人死不能復活，但夜諾還是想要找到慕婉的屍體。

找到屍身後，夜諾會將慕婉的魂魄打入屍體中，丟在暗物質博物館裡。根據手札，理論上輔以種種咒術，應該延長慕婉的存在。

至於有沒有復活的可能性，只要保護好魂魄和屍體，或許真的有辦法。

夜諾覺得博物館中神秘無比的遺物層出不窮，知識出奇的多，說不定真的有一天，在他打通了博物館的某一扇房間後，能找到復活慕婉的辦法。

人，總歸要有一絲希望。

萬一實現了呢？

現在能做的，就是保存慕婉的殘魂，找到她的屍身。

夜諾和小蘿莉模樣的慕婉離開了墓園。

「阿諾，阿諾，我們現在去哪兒？」她嫩聲嫩氣的問，仍舊有一些情緒低落。

「當然是去重城。」夜諾想了想：「那裡集中了長江流域最多的打撈公司，你的屍體跳河後就失蹤了，那些打撈公司資訊很靈通，說不定知道些什麼。」

「那我們怎麼去啊，不會騎這輛車吧？」慕婉看著夜諾的共用單車，不由捂了捂屁股，坐這車小屁屁痛得很。

夜諾笑笑：「誰叫我窮呢。」

呃，這傢伙是真的準備騎自行車去。夜諾當然有打算，第一，春城距離重城只有三百多公里。第二，坐公共交通工具，小蘿莉沒有身分證，肯定坐不了。第三，也是最重要的一點。

他窮啊，沒錢。

夜諾現在的體力非比常人，就算騎自行車搭一個人，六個小時不到，也能騎三百多公里，今晚就能到重城了。

「不要不要，我才不要坐單車去重城。」慕婉抱怨道，然後指著自己膠原蛋白爆炸的臉：「我有錢哦，我存了很多錢，我是小富婆一枚，快巴結我。」

「哦，對了。忘了你家很有錢了。」夜諾拍拍額頭，眼前的慕婉，錢包從小就很肥。

而且本來就是給她找身體，用她的錢，夜諾一丁點心理負擔都沒有。

「可是你現在又沒身分又沒卡，怎麼把錢取出來？」夜諾問。

「笨，我網銀轉款給你就好了，把手機給我。」慕婉搶過夜諾的手機，麻溜的登上了網銀。

夜諾低下頭看了一眼這小富婆的銀行帳戶，頓時咂舌不已。臥槽，好多個零。

「人家夠有錢吧。」慕婉得意道：「我從七歲開始，就使勁兒的存錢了。」

「你存那麼多錢幹嘛？」夜諾不解道。

這丫頭確實從小就很不像富家女，甚至還有點摳門，沒想到是將大部分的錢都存下來，還像模像樣的理財，讓錢生錢，真夠有經濟頭腦的。

「你以為我想存啊，人家女生天性就是愛揮霍的，可我沒那個條件呀。」慕婉感嘆一句：「這可是我的老公本。」

「啥？」夜諾沒聽懂。

慕婉白他一眼，一跺腳，臉一紅：「誰叫你家窮得要死，我怕你以後連娶我的彩禮都拿不出來，今後結婚也是一筆開支，要買房，要買車和戒指啥的……我不想你娶了我還受窮。」

她掰著指頭，苦惱道。

「停停停。」夜諾頭都大了：「你存錢就是為了這個？誰要娶你了。」

慕婉又白了他一眼：「這可由不得你，總之這輩子，我只要不死透，就賴上你了，賴上你一輩子！」

說話間，一大筆錢便打到夜諾的帳戶上。

慕婉很大方：「隨便用，不夠再跟富婆我說，我包養你。」

夜諾一陣無語，這小妮子，最近是不是屁股有點發癢，該治治了。

有了錢就是方便，夜諾當即放棄騎自行車跨越三百公里到重城的打算，去租車店租了一輛便宜的車。

開車上高速，一路風馳電掣，三百公里，下午出發，夜諾估計下午六點鐘就能趕到。

時間不等人，他和慕婉的時間都不夠用。

原本慕婉的軀殼只能保護她二十來天，而任務之間，只有一個月的休息期。小妮子一定要待在春城看了自己的葬禮才走，夜諾拗不過她，而且他心裡總有一股不祥的預感。

同一時間，同一艘船，竟然有十三個少女跳河自盡。

怎麼想都透著一股陰謀的味道。

慕婉想要去參加自己的葬禮，夜諾便趁著待在春城的幾天中，急急匆匆的將第三扇門中的幾千本書通通看完，記在腦海中。沒懂的今後有時間了再研究，他在為破穢術填充知識庫存。

一來一回，兩人只剩下十七天。

租來的車不算好，破破爛爛的，除了喇叭不怎麼響外，哪裡都在響。夜諾開著車，突然聽到一陣怪聲音，車竟然拋錨了。

小車的引擎蓋子中冒出滾滾黑煙，惡臭味熏天，直衝雲霄，這輛車嘰嘰嘎嘎的震動了幾下後，緩緩停在隔離帶上。

夜諾摳摳頭，很無奈。

慕婉伸出小手，摸著夜諾的頭，奶聲奶氣的說：「阿諾，都叫你不要替我省錢，要租車就租個貴的。你租了一輛一天只要六十塊的，半路不拋錨就是個奇蹟。」

夜諾皺眉頭，他聞著空氣裡的引擎的煙味，越聞越奇怪。

「不對勁兒！」他搖搖頭，從車後掏出修車工具，繞到車前邊。

慕婉伸出小鼻子，也聞聞。這煙的味道確實不對勁兒，像是某種蛋白質燒糊了。她也下車，跟著夜諾走過去。

兩人將引擎的蓋子打開後，同時驚訝的呆住了。

引擎上密密麻麻手指粗的魚蝦黏連在一起，已經被高溫烤熟了。不光如此，烤熟的魚蝦甚至還散發出大量的怪味道，從身體裡分泌出油性物質更加加劇了熱量的積累，最終導致引擎過熱損壞。

該死，這怎麼回事，引擎上的小魚小蝦到底是從哪裡來的？

夜諾的臉抽了抽，他伸手，從車裡撿起一條小魚觀察了一下。

「這是四川華鯿，和普通華鯿不同，屬於長江中游特有的魚種。只有長江水中才能存活。」他一邊說一邊聞了一下，又用指甲掐了魚，臉色頓時更加古怪了。

「這條魚在十分鐘前還是活著的。」

一條魚死了多久很容易判斷，這一點超市水產區購物的大媽們，幾乎都有判斷準確時間的神級技能。

夜諾的知識量很廣，當然也懂。

「怎麼會！」慕婉瞪大圓溜溜的眼睛，驚訝道：「我們明明已經在高速公路上行駛兩個小時了，如果租車的時候有人故意將魚蝦倒在引擎上，那也是兩個小時前的事了，魚蝦不可能脫離水和器皿，在引擎上存活兩個多小時。」

但偏偏引擎附近根本就找不到容器存在的痕跡，彷彿那些魚蝦是突然冒出來的。

「阿諾，不是說龍捲風會把海裡的魚蝦捲入空中，之後落到臨海的城市裡嗎？你覺得有沒有可能，長江上也突然出現了龍捲風，那些龍捲風，將江中的魚蝦捲起來然後落在我們車上？長江離我們直線距離，也不過才八十多公里罷了。」

慕婉戳著下巴，用有限的智商推理。

夜諾搖搖頭：「先別說長江兩岸山巒起伏，根本就沒有產生龍捲風的條件，退一萬步，就算有，那些魚也不可能活生生的落在引擎中，引擎上還有引擎蓋啊。」

「啊，對哦。」慕婉眨巴著眼睛，抬起頭。

天空已經發暗了，路上車很少。一絲斜陽從山巒的空隙射過來，染紅了天際，天很漂亮，不像是十分鐘前掃過了一片龍捲風的模樣。

「但那些魚蝦，到底是從哪裡冒出來的？」慕婉苦惱的問。

「不清楚。」夜諾又看著引擎上的魚蝦。高溫讓蝦體通紅，無數華鯿魚，呈現弓腰狀態，已經快被烤乾了，一張張張大的嘴，訴說著死前有多痛苦淒慘。

那些魚翻白的眼眸，一眨不眨的死死盯著慕婉。

不錯，只盯著慕婉。

所有的魚在死掉之後都望著同樣的位置，而且最恐怖的是，哪怕慕婉走動到另一邊，死魚的視線仍舊悚人的拐個視角，盯著慕婉不放。

夜諾背脊發涼，越發感到事情透著詭異。

他「啪」一聲將引擎蓋蓋上，隔絕了死魚的視線，這些突然出現的死魚死蝦讓慕婉的死，更加撲朔迷離。

它們絕對是衝著慕婉來的。

「走吧，車沒辦法開了，修也修不好。」夜諾看看手機上的導航，距離最近的休息站大約還有四十公里。

走是不可能走去的，叫拖車太浪費時間，還要等三個小時。

夜諾打電話叫租車公司來拖走拋錨的汽車後，就帶著慕婉越過隔離帶，他們時間只有十七天，誰知道夠不夠。

「我們出隔離帶幹嘛？」慕婉問。

「這邊的隔離帶離附近的村子很近，我們繞出去後，找一輛車或者轉公車繼續去重城比較快些。」夜諾解釋。

他研究過地圖，隔離帶外的村子不算小，肯定有去重城的公車，要是等拖車，拖車公司頂多能將他們放到附近的高速路休息站，那鬼地方前不挨村後不著店，到哪裡找車去？

最主要的是夜諾老感覺那輛車縈繞著一股揮之不去的陰氣，讓人徹骨冰涼，彷彿浸在水裡似的，濕答答，難受得很，就連空氣裡都充斥滿魚蝦的惡臭味。

慕婉一直都很聽夜諾的話，他說啥她就做啥。

兩人灰頭土臉跨過隔離帶的鐵柵欄，順著高速路輔道一路走。

半個小時後，天都黑盡了，才看到村莊黑洞洞的影子。

「阿諾，你騙人，你不是說村莊很近嗎？」慕婉氣呼呼的，她非常虛弱，無法走遠路，而且身體太累時魂就會飄出來。

夜諾嗤鼻道：「走了幾步就跳到我背上的人，還好意思說。」

慕婉嘻嘻笑著：「好啦好啦，待會兒打賞你一個紅包，誰叫人家是富婆呢。」

村莊很安靜，夜諾看看手機上的地圖，這個村子叫夏家村，人口不算多，大約幾百人而已。

七點過，這垂垂老矣的村莊就沒啥人了，街面上更是黑燈瞎火，蕭條得厲害。越是人氣不足的地方，越瀰漫著森森的陰氣，慕婉有些怕，用力抱住夜諾的脖子：「怎麼一個人都沒有？跳廣場舞的呢？」

大街小巷都在跳廣場舞是所有小村落都特有的風光，這個老齡化的村子裡，老年人竟然不出來跳廣場舞，確實有些怪。

夜諾鼻裡死魚死蝦的惡臭味越發濃烈，飄蕩在路上，無處不在，臭得夜諾都快覺得自己犯了神經性鼻炎。

「別管人家的事，我們去公車站瞅瞅。」夜諾沒工夫管閒事，他急著去重城。

順著大路走，在昏暗的街燈中，兩人終於找到一塊殘破的，長滿鏽跡的公車站牌，看看時刻表，確實有去重城的公車。

只不過公車來的時間很晚，五個小時才一班，末班車要等到十點一刻。

夜晚的風很冷，再加上時不時飄來的死魚死蝦味，夜諾皺緊眉頭，今夜他心裡有點慌。

明明這個小村落遠離大江大河，哪來這腐爛的魚蝦臭味？

長髮及腰，小蘿莉模樣的慕婉依靠在夜諾身上，她覺得挺幸福的，比生前都還幸福，因為以前的夜諾可從來沒有如此溫柔過。

可以倚靠著他，看他認真救自己，有一種歲月靜好的感覺，令慕婉一直都笑著，癡癡的笑。

夏家村的建築物隱藏在夜色裡，自始至終，夜諾他們都沒看到有人經過，在陰颼颼的風中等待的時間非常難熬，好不容易等到十點左右，終於，遠處傳來一陣陣聲響。

那是公車行駛過程中煞車的聲音，夏家村位於山坡下方，山路崎嶇難行，大型車輛經常一踩煞車，煞車盤就會因為摩擦散發高溫，同時發出噪音。

夜諾站起來。

一輛老舊，車身已經掉漆嚴重的公車從右側道路盡頭行駛過來。這輛車實在是太舊了，像是上世紀的產物。綠色的車體大片大片的露出黃色鏽跡，看起來瘆人得很。

「好久沒有看到過這麼老的公車了。」慕婉人迷糊，可就算如此，她還是在看到公車的瞬間，莫名其妙打了個寒顫：「總覺得這車好可怕，阿諾，我們要上去嗎？」她扯著夜諾衣服的手更用力了。

夜諾看看公車站的時刻表，又看看緩慢行駛過來，煞車盤上還不斷冒著白煙的公車，車頭赫然寫著「14號」。

去重城的末班車同樣是14號。

死魚死蝦的味道更加濃了，彷彿有什麼在不斷逼近兩人，越來越近，就快要探出猙獰的爪子，在黑暗中一把拽住他們，將他們拖入地獄中。

可那東西，就算是夜諾用盡手段也沒尋找出端倪來，直覺告訴他，不能再等了，必須盡快走。

隨著噗嗤兩聲，公車穩穩當當停在月台前，前門隨後滑開，露出內部深邃黑暗的腹腔，一股寒氣迎面撲來，讓兩人都同時打個哆嗦。

「阿諾，有沒有覺得黑暗裡有什麼東西在跟著我們？」慕婉突然朝右側看看，街道清冷，什麼也看不到。

可沒來由的，慕婉就是怕得厲害。

夜諾也有同樣的感覺。

見兩人遲遲沒有上車，戴著帽子的司機緩緩轉過腦袋，他的帽檐壓得很低，黑暗中，只露出一雙眼睛，那眼睛，發黃。

「上車嗎？」司機的聲音沙啞，說話慢吞吞的，猶如自地獄深處傳來。

夜諾大手一揮，推著少女說：「上車。」接著又加重語氣：「快。」

身後的街燈，一盞一盞滅了，本來就昏暗的街道一截一截陷入深深的污穢裡，就如同真的有什麼在一步一步的逼近他們。

慕婉渾身都在抖，她怕得要命，在夜諾的催促下，兩人連忙逃也似的跑上公車。

司機發黃的眸子對著後視鏡，朝車後邊看了一眼，他彷彿發現不斷變黑的街燈，冷哼一聲後，將車門關上。

車搖搖晃晃發出一陣轟鳴，朝前行駛。

車後的街燈依然在逐漸變黑，但是速度太慢了，很快就被公車丟在遠處。

夜諾和慕婉站在車頭，他們對視了一眼，就在踏上車之後，夏家村彷彿突然就有了生機，透過車窗看，街燈陡然變亮了，也沒有那麼陰森黑暗，就連路上也開始出現行人。

怎麼回事，這詭異的村莊和一分鐘之前分明是兩個世界。

「阿諾，剛剛發生了什麼，是不是我眼睛花了？」小蘿莉拚命揉著眼睛，看起來十分可愛。

夜諾話不多，他默默看著公車行駛離開夏家村，再次沒入山巒起伏的鄉間小道。

「請投幣。」公車司機看兩個人魂不守舍，一邊開車一邊指指夜諾身旁的投幣箱。

夜諾摸摸錢包，掏出一張十塊的，準備扔進去。

到重城，一個人五塊。

就在這時，一隻手猛然間從旁邊探出來，生生抓住夜諾的胳膊，那是一個七十多歲的老頭，駝著背，禿頂的腦袋長滿黑色的斑點，顯得極為噁心。

他一邊死死拽住夜諾的手，一邊破口大罵：「又是一個用假幣的。」

慕婉看了一眼夜諾手中的十元鈔票，爭辯道：「這怎麼可能是假幣，老爺爺，你看清楚了，真的不能再真了。」

「哼哼，這明明就是假幣，你以為老頭我年齡大了，就看不清楚了？」老頭惡狠狠說著，爪子般的手，用力到快要陷入夜諾的肉中。「用假幣的人，抓住一個算一個。大夥兒說，該拿他們怎樣？」

深夜坐末班車的人不多，大約稀稀拉拉的十多個，這十多個人都面目模糊，看不清楚樣貌，可現在卻全都站起來，猙獰著道：「用假幣的人最可恨了。」

「要他們的命。」

「對，要他們的命。」

所有人都在起鬨，破口大罵，污言穢語不絕於耳，所有人都在喊著，要夜諾和慕婉的命來換公車的車票錢。

慕婉嚇得不輕，低聲道：「阿諾，這些人是不是都有神經病。」

夜諾皺眉頭，剛想要把老頭的手甩開，司機突然開口：「好了。他們可能也不知道自己拿的是假鈔，下車的時候再補票吧。你們找個座位坐下。」司機對夜諾說。

聽到司機發令，不知為何，老頭竟然悻悻然放開了手，他陰森的瞅了夜諾一眼後，視線一直都勾在慕婉身上，一圈一圈的打量她，彷彿她是某種可口的食物。

「走，車後邊坐著。」夜諾帶著慕婉向最後一排走。

一路經過的所有座位，每一個人都在他們路過時死死盯著兩人，不，準確的說，所有人的目光都在慕婉的身上繞。

他們目冒凶光，甚至有幾個人，嘴裡啪啦啪啦的冒著饞沫子。

兩人坐定，夜諾吩咐道：「別去看他們。」

「這些人到底是怎麼回事？」慕婉感覺這些乘客的視線，實在是太古怪了。

陡然，一個穿著紅衣的女孩，不知何時湊到他們一旁，撇撇嘴道：「因為他們都不是活人，跟你一樣。」

04 冥車抬棺

紅衣女孩的話讓慕婉嚇一跳：「你怎麼知道……」

剩下的話她沒說出口。

「你們一個活人一個死人，為什麼要上這輛車？你們知道這是什麼車嗎？」紅衣女孩大約二十多歲，長相清純，她看了夜諾一眼後，不覺得這男人有啥特別，之後就一眨不眨的盯著慕婉。

慕婉迷迷糊糊的搖頭，烏黑長髮，隨著小腦袋擺動搖晃。

「這是一輛靈車，載著所有死亡的魂魄，通往靈界。」紅衣女孩解釋道。

「啊！」慕婉張大嘴。

紅衣女孩又道：「我也是不小心上錯了車，總覺得車上的人非常詭異。這才明白公車上所有人都不是人類。如果不趕快逃走的話，你們兩個就沒救了。」

慕婉擔心的看著夜諾：「阿諾，她說的是不是真的？」

夜諾淡淡問紅衣女孩：「你不是也沒有逃走嗎？」

「我在等機會。」紅衣女壓低聲音：「如果你們信得過我，等會兒就跟著我一起逃。」

說話間，慕婉緊張的鑽入夜諾的懷中：「阿諾，你看車上的那些人，他們怎麼總是盯著我。」

夜諾抬頭，果不其然。車上的十多人無一例外，哪怕他們坐到車的最尾端，所有乘客都詭異的轉過腦袋，視線齊刷刷的聚集在慕婉的身上。

所有乘客都在對著慕婉流口水，彷彿隨時想要撲上來吃掉她。

紅衣女孩瞇著眼：「唯一逃生的機會，便是在那個彎道上。」

她指指山巒中間的一個呈現U字形的急轉彎，坡度很高，轉彎半徑非常大，在黑乎乎的群山環繞下，那個彎道彷彿一張恐怖的大嘴，看得人背脊發涼。

「到那個彎道，司機就會減慢速度，到時候我們三人敲碎玻璃，立馬從車上跳出去。」紅衣女繼續道。

她偷偷的撈開裙子，大腿彎中藏著一把紅色破窗錘。

「這把破窗錘能夠將玻璃敲碎，我好不容易才弄到手的。」紅衣女的眼睛明亮，很真誠。

慕婉看向夜諾詢問意見。

夜諾點頭：「行，你把破窗錘給我。你是女生，力氣小。我來敲碎玻璃。」

紅衣女猶豫了片刻，然後嫣然一笑，乖順將錘子遞給了夜諾：「那你要抓緊時機。時機一閃就過，那個司機也沒有安好心，當心被他發現，咱們都得死！」

夜諾「嗯」了一聲，接過破窗錘，掂量一下，錘子很沉重，閃爍著一抹寒光。

三人沉默了，不再說話。

公車搖搖擺擺前進，車上的乘客身體隨著公車擺動而擺動，但恐怖的是，無論身體怎麼搖擺，那些乘客的腦袋就和公雞頭一般，穩定的保持在原位，視線冰冷刺骨，灼燒在慕婉的身上。

慕婉被看得非常不自在，小腦袋乾脆埋入夜諾的懷裡。

夜諾一隻手摸著她的頭，一隻手緊緊拽著破窗錘。

公車甩了個尾，進入陡峭的彎道，司機用力踩下煞車，緩緩轉彎，速度也一降再降，直到降低到時速五公里。

「就是現在。」紅衣女急促叫道，嘴角閃過一絲冷冽陰笑。

說時遲那時快，夜諾舉起破窗錘，卻並沒有錘向窗戶，反而朝紅衣女的腦袋錘下去。

紅衣女猝不及防，被破窗錘的尖銳部位狠狠錘中，尖叫著向後退。她瘋狂的嘶吼著，原本好看的腦袋，被夜諾深深砸了一個大洞，烏黑的血不停從頭頂流出來。

「你為什麼砸我，砸窗戶啊。」紅衣女的頭，凹下去很大一塊。

「我真砸了窗戶，才會死得很慘吧。」夜諾微微一笑。

慕婉啊啊啊的指著紅衣女：「姐姐，你腦袋都只剩一半了，剛剛還騙我們說是普通人。」

「哼，本以為哄騙了你，把你弄死會很容易，這樣我就可以最先搶到那具身體，吃到可口的魂魄。」紅衣女惡狠狠的一把將腦袋的長髮扯下來。

長髮還帶著頭皮，兀自流著血，看得人通體發寒。

「無所謂了，現在我就先動手殺了你再搶。」紅衣女的手變成一根枯骨，森白的五根指骨，散發著鋒利的冷光。

她一探手，就朝夜諾抓過來。

夜諾將破窗錘丟給慕婉，左手捏個手訣，右手一道符摸出來，一看到那張符，紅衣女雙眼抖了幾下。

「除穢師！」她的聲音尖銳刺耳，彷彿無數雙爪子在玻璃上抓。

尖叫一響，就像是在滾燙的油鍋裡滴了一滴水，整個公車都沸騰了，所有乘客全都從座位上跳起來，雙手雙腳輕飄飄的站在座位靠背上，發出一陣陰叫聲。

「這都是什麼鬼東西！」慕婉渾身寒毛都豎起來。

車廂裡實在是太詭異了，彷彿群魔亂舞，而且每一個乘客都對夜諾充滿了敵意，而對自己卻是充滿食慾。

「這些只不過是對你的臨時軀體產生佔有欲的魑魅魍魎罷了。」夜諾撇撇嘴：「我們搭了它們的順風車又沒給錢，你偏偏神魂不穩，是它們最愛的事物。最重要的是，這些流浪的亡靈，早就失去了軀殼，它們本能的想要附身在你的臨時軀殼裡。」

無論什麼東西，都想有個家，人類也好，大多數動物也好，就連魑魅魍魎同樣如此。

所以丈母娘逼著姑爺買房子，不是沒有科學道理的。你瞅瞅，人家魑魅魍魎對慕婉的臨時軀殼多眼饞。

眼饞得恨不得馬上鑽進去。

「臥槽，阿諾，難道你明明知道這是一趟冥車，還讓我搭車。」慕婉鬱悶道。

「女孩子家別說髒話。」夜諾在她的小腦袋上敲了一下：「搭這輛車也沒辦法的，你明明也能感覺到，夏家村有東西追著我們。」

那東西夜諾看不到也發現不了，他甚至沒有把握在保護慕婉的情況下能不能贏。

兩利相權取其重，兩害相權取其輕。逃進冥車，非常符合邏輯，畢竟冥車上的魑魅魍魎，更好對付一些。

「不要無視我，去死。」紅衣女的面容枯槁，眼中閃過猩紅的光，再次淒厲的尖叫一聲，右手骨爪帶著風，在空中形成五道尖銳的虛影。

爪子攻擊的速度極快，夜諾也不慢。

他迅速打出手中的銅錢，銅錢打鬼，越打越痛，紅衣女被打得哇哇大叫，夜諾用遺物看破抽空看看這穢物的底細。

這是一隻魅，按照手札的說法，是一種藉著外表討人喜歡，而蠱惑男性的弱小穢物。實力大約在雞5等級，穢力只有90。

「哇哇，都出手吧！這個除穢師雖然實力低微，但是邪乎得很，咱們只要殺了他，到時候誰運氣好，誰用那臭丫頭的身體。」紅衣女魅陰森森的吼著，偷偷向後退了幾步。

被穢物形容為邪乎，夜諾無奈的摸摸鼻翼，這算是讚揚嗎？

這女魅似乎頗有些威勢，至少剛剛一路湊到夜諾和慕婉跟前，想要哄騙他們時，也沒有其他的穢物敢上來爭奪。

在它的一聲淒厲中，十多隻穢物吼叫著湧上來，對慕婉那具臨時軀殼的貪婪，驅使著它們不顧一切。

夜諾體內暗能量湧上手掌，一把鐵屑被他撒出去，輕飄飄的鐵屑在他的手心就像是無數子彈，將這些穢物打得千瘡百孔。

一擊之下，穢物們全死了。

「耶，太好了！」慕婉捏緊小拳頭雀躍道。

「沒那麼簡單。」夜諾臉色卻是一白。

果然，只見明明已經消散的公車乘客，又從地上湧出來，晦暗的身體像是一種煙霧，緊緊凝實到一起。

「嘁嘁嘁，我倒要看看你的除穢力能堅持多久。」紅衣女魅淒笑著。

它從一旁攻擊過來，而十多個穢物則是從正面攻向夜諾的面門，有的人伸出手抓著夜諾的胳膊，有的從地板上探出爪子，勾住夜諾的腳。

夜諾皺著眉，殺了一波又一波，沒想到無論殺死這些乘客多少次，乘客們總會在地板上復活，陰森可怖的身體，不斷一次又一次爬出來。

靈車這個載體中，魑魅魍魎彷彿有無限重生的能力。

「阿諾，它們怎麼都打不死？」慕婉驚叫道，她太瞭解夜諾了，雖然看他現在還有點餘力，可大概也不多了。

穢物來了一波又冒一波，小強似的，這誰遭得住？

夜諾也覺得不是辦法，他的體力消耗很快，正常的物理攻擊對這些穢物沒用，每一擊都需要除穢力，自己才幾十點除穢力，確實支撐不了多久。

他大腦運轉起來，突然，視線聚焦在慕婉手中握著的破窗錘上，夜諾靈機一動，喊道：「婉兒，你還記得當初二媽教你的功夫嗎？」

「怎麼會不記得。」慕婉一愣：「幹嘛？功夫可打不死這些怪物。」

「但是你手中的錘子可以。」夜諾道：「既然破窗錘能夠打碎窗戶玻璃，就說明它和靈車是一體的，靈車內的所有東西它都能破壞，說不定也能解決這些穢物。」

其實很好理解，魑魅魍魎在靈車裡無敵，但這世間緊緊遵循物質守恆定律，無敵這樣的狀態，肯定也遵循著某種規則。

用靈車中的東西破壞靈車中的穢物，那些穢物被同樣的規則殺死後，不一定還能復活。瞅瞅，剛剛被自己用破窗錘打傷的紅衣女魅就是證據，它復活後，腦袋還是凹的。

一通解釋，慕婉聽懂了，她眼前頓時一亮。

「老娘來了。」小蘿莉呼嘯一聲，手中的破窗錘被揮舞得虎虎生風，很是威風，不愧是被夢阿姨當作夜諾的保鏢千錘百鍊過。

慕婉的小蘿莉身體雖然嬌小，但是手中的破窗錘威力巨大，再加上這具身體的構造用的是六十斤百變軟泥，每一寸的肌肉爆發力極為驚人。

小小的身軀掄著破窗錘，所過之處，穢物紛紛慘叫不已。沒過多久，在慕婉的暴力攻擊下，風捲殘雲，穢物通通死了個精光，果然沒有再復活。

意猶未盡的小蘿莉太兇殘了，連司機都沒有放過，一錘子敲在那穢物的腦袋瓜上，空蕩蕩的公車裡，最後只站著夜諾和她。

「沒過癮。」好久沒有舒展過筋骨的慕婉舔了舔嘴唇：「再來幾隻該多好。」

「好個屁。」夜諾眼看著沒了司機的靈車在彎曲的山道小徑上左歪右拐，觸目驚心的路線危險極了。

他一把將小蘿莉手中的破窗錘搶過來，用力在臨近的窗戶邊緣敲了一下，玻璃窗頓時發出啪啦一聲響，窗戶長出蜘蛛紋。

夜諾用力朝著蜘蛛紋踢了一腳，破裂的窗戶徹底碎了，露出大洞，車外的山中寒氣全都飄了進來。

「快跳車。」夜諾眼看公車就要掉到不遠處的萬丈懸崖下，忙不迭抱著嬌小的慕婉跳出去。

夜諾緊緊將慕婉護在懷中，因為慣性的影響，他們在地上滾了十多圈，才堪堪的被一棵小樹攔住。

抬起頭，夜諾和慕婉背上一層冷汗。

兩人搭乘的哪裡是什麼公車，分明是一口黑黝黝的大棺材，那口棺材一路往前滑行，發出刺耳的摩擦聲，最後轟隆一聲飛出懸崖，朝山谷中墜落。

如果不是夜諾跳窗跳得快，大概一人一蘿莉，今天就交代在這兒了。

「呼。」慕婉抹了一把額頭冷汗：「要不要這麼刺激，我都死了一次了，險些再死一次。」

夜諾撇撇嘴，朝四周的環境看去。

這裡黑壓壓的，抬頭全是朦朧的山，還好有月光穿過山峽隘口，鋪灑在路上，雖算不上伸手不見五指，可視線也遠不到哪兒去。

待在這鬼地方，鬼知道還會發生什麼詭異的事情，此地不宜久留。

夜諾掏出手機瞅瞅：「離這兒五十公里左右的位置，有一個小鎮，應該能乘坐早班車去重城。」

「五十公里啊，我可走不了那麼遠。」慕婉咂舌。

「我載你。」夜諾掏出百變軟泥，估摸著用手裡的軟泥，變成一輛碳纖維自行車。

騎著車，載著少女，兩人在山間小路起起伏伏，漸行漸遠。

月光下，慕婉的頭依偎在夜諾背後，她小小的雙手，緊緊的環繞夜諾的腰，看著昏暗的小路，看著遠山和周圍黑漆漆的猙獰樹木。

原本還有一點害怕的慕婉，不知道想到什麼，突然噗嗤一聲就笑起來。

「你笑什麼？」夜諾不解。

「我笑我自己啊。」慕婉笑得一臉鮮花盛開：「早知道車會拋錨，一開始就讓你騎自行車了，說不定還不會遇到那麼多怪異的事情。這不，咱們大晚上的，結果還是騎著自行車在趕路。」

夜諾不以為然，其實無論搭乘什麼交通工具，該發生的怪事一樣會發生，畢竟慕婉現在就是唐僧肉，她的殘魂和這具軀殼，會吸引無數想要得到她身體的穢物。

而且，他們後邊，還有個可怕的東西在追趕兩人。

夜諾直覺很準，那東西自己不一定對付得了，但那東西究竟是啥，為什麼追趕他們？資訊太少，夜諾無法揣測。

現在唯一的辦法就是先逃再說。

單車的速度不慢，夜諾的身體強於普通人數倍，五十公里其實騎起來很愜意，身後的慕婉還在笑，笑著笑著，她的聲音充滿懷念和溫馨：「阿諾，還記得小時候嗎？」

「多小的時候？」

「九歲，九歲那年！」

「喔，你是說那件事？」

「你還記得？」慕婉興奮道。

夜諾當然記得，他的腦子就是貔貅，進入他腦子裡的東西不可能忘記。

慕婉九歲那年曾經發生一件事。那件事，現在夜諾想來也不見得有什麼奇怪的，可對於當初的他和慕婉而言，就是個要命的災難。

慕婉從小就有陰陽眼，這是她自個兒說的，夜諾從來不相信，慕叔叔卻很著急，在她五歲的時候居然還求助過夜諾的老爹。

老爸檢查她後，在她頭頂上摸摸，然後就說沒事了。

之後慕婉確實很少再看到可怕的東西，至於夜諾，他從來都沒有遇到過怪事，對於沒有見過的事物，夜諾也從來不相信。

如果沒有在家中翻到那串鑰匙，沒有得到暗物博物館，大概夜諾至今還是個智商高一點，記憶好一點的普通人罷了，過著普通的健全人生。

這說不定是父母想要的。

但人生沒那麼多如果。

九歲的慕婉萌萌的，呆呆的，是個讓大人和小孩都驚豔的小美女，也是當初那所小學的校花。由於她太漂亮了，所以每次學校有活動彩排啥的，都會讓慕婉上去，哪怕當一個花瓶也好，這麼漂亮的花瓶，學校也有面子不是？

長得漂亮就是天賦，好的皮囊，天生就高人一等。

只不過那天有一點不同。

那天教育局有領導來視察，學校進行演出彩排，慕婉照例在彩排舞台上當花瓶，她啥都不用做，只需要在表演的時候在那裡一站就夠了，根據經驗，大部分的閃光燈都會朝她聚集，最後出來的新聞稿都是以她為封面。

那是個下午，天氣陰沉沉的，雲壓得很低，九歲的慕婉呆萌的站在表演台右側，跟前表演隊正在排練走位，她昏昏欲睡。

就在這時，突然，少女看到幾個奇怪的學姐，那幾個六年級的學姐正對著自己招手，笑嘻嘻的，似乎想叫她過去說什麼。

慕婉彷彿被攝了魂似的，真的朝那些對自己招手的學姐走過去，等排練的人一轉眼工夫，就發現她不見了，到處都找不到。

校領導慌了神，畢竟慕婉的父親可是春城的商界大鱷啊，女兒丟了簡直是不得了的大事情。

學校匆匆忙忙報警，員警到處調查，甚至還發了懸賞令，但是到了晚上也沒將慕婉找出來。

她像是人間蒸發般，就那麼消失得一乾二淨。

慕伯父很焦急，乾脆拿出一百萬當懸賞，只要提供線索的人，哪怕只提供任何一丁點有用的線索都可以，就能把一百萬領走。

那可是十多年前，當初的國內人均工資也才千多塊錢，一百萬簡直就是鉅款。

警方認為慕婉是被綁架了，但是卻沒有證據，慕伯父也做好心理準備，一直守在電話前等著綁匪的電話。

只有夜諾並不認為這是一場綁架案，當時才九歲的他異常冷靜，他在學校裡走來走去，最終在教學樓後方廢棄的住宿樓找到慕婉。

找到慕婉時，她正處於昏迷。

夜諾將她抱起來，吃力的搬出廢棄大樓很久很久後，她才清醒過來。事後慕婉才講出事情的前因後果。

她說自己看到幾個學姐跟她招手後，就跟她們走了。走著走著，就走到廢棄住宿樓中。在慕婉眼中，本來斑駁牆面，長滿頑固野草的住宿樓此刻竟看起來很新。

學姐們邀請她進她們的臥室去坐坐，那些學姐的笑容很甜，但不知為何表情卻很僵硬，穿的校服也是老式的，而且有些骯髒。

熱情的學姐們拿出好吃的零食給慕婉，但是慕婉拒絕了，雖然迷糊，那些零食的包裝袋，慕婉完全沒見過。

之後慕婉發現更多奇怪的地方。

那些學姐走路時腳都不會彎，筆直的彆扭的走著路，最怪的是，她們走路時，腳尖高高踮起，非常詭異。彷彿在飄一般。

慕婉迷了心竅，一邊覺得害怕恐懼，一邊卻又樂呵呵的和學姐們一起笑著。

天色漸漸晚起來，慕婉說：「學姐們，我要回家了，太晚了爸爸媽媽會擔心我的。」

可是學姐們挽留著她：「小妹妹，你別擔心，我們已經跟你父母打過電話了。他們同意你在這裡留宿哦，我們晚上可以玩枕頭大戰。」

慕婉不信，因為這個宿舍根本就沒有電話，但是她的嘴巴不聽使喚，卻說：「太好了。」

陽光逝去，不知道多晚了，學姐們一直跟她玩，跳皮筋，翻繩花，一直玩一直玩，玩得慕婉精疲力盡也不准她停下。

慕婉很快就沒了力氣，軟噠噠的躺在宿舍的一張床上睡著了。

等她半夜驚醒，是被一陣刺鼻的臭味弄醒的，只見昏暗的月光中，四個小姐姐都合衣躺在床上。月色陰影中，學姐們彷彿是四具屍體，隨著月光，腹部不斷起伏，可那起伏的速度太快了，根本不像是普通人類的呼吸速度。

她們吞吐著月光。

慕婉的理智恢復，她怕得要死，明白自己大概是遇到某種難以解釋的超自然事件，她連滾帶爬的從床上跳下來，但是一陣頭痛手軟。

一下床就軟倒在地上。

慕婉拚命的掙扎，好不容易才再次站起身。

少女赫然看到，宿舍的正中央位置，竟然擺放著一盆火炭。火炭散發著晦暗的光，正在暗暗燃燒。

明明是夏天，為什麼宿舍還要點火炭？

小小的慕婉根本來不及想這麼多，她只想逃掉。但是一跑到宿舍大門口，想要將宿舍門扯開，門卻反鎖著，從外邊反鎖著。

不！

慕婉驚恐的發現，門上並沒有鎖，甚至沒有門插，這扇宿舍門分明是被人硬生生用木板釘死了。

「有沒有人？救命！」她尖叫著喊救命。

她的聲音，頓時將四具屍體般的學姐驚醒過來。四個學姐同時坐直身體，眼珠子同時盯著她，冷冰冰的沒有感情的視線，八隻眼睛裡全都是驚人的戾氣。

「學妹，你想要到哪裡去？」

「嘻嘻。」

「你逃不掉的。」

「學妹，你的魂魄好好吃，只要我們吃了你，就能去報仇了。」

整個宿舍都散發著濃濃的一氧化碳味道，慕婉頭很暈，眼看著四個學姐鬼般飄過來，伸出五根爪子想要拽住她。

慕婉實在忍不住了，眼睛一翻，又暈過去。

直到九歲的夜諾將她救出來。

夜諾去宿舍時當然沒有看到什麼學姐，只看到宿舍中間的火盆子，裡邊確實有點燃的火炭。如果不是他去得及時，恐怕慕婉早就因為一氧化碳中毒而死了。

事後經過調查才知道，二十多年前的一個冬天，宿舍樓還沒有荒廢的時候。曾經有四位六年級的少女，遭到居住在附近的單身漢持刀凌辱後，又被捆綁住全身，塞住嘴巴。那單身漢走後，竟然還殘忍的點燃宿舍的火炭，一直悶燒。

最終四位少女全都死於一氧化碳中毒。她們死後，宿舍一直流傳鬧鬼的傳說，校方剛開始是不信的。可是許多人都說見到過慘死的四個少女，事件流傳得很廣，最終那一屆的校長怕影響不好，乾脆封閉舊宿舍。

而慕婉十分肯定，自己一定是被燒炭慘死的四位學姐拉去當替死鬼了。

夜諾當初沒相信慕婉講的故事，但是那晚的星星和月亮，他倒是清晰的記得，十多年前的午夜，同樣這麼群星璀璨，暗淡的一輪紅月高高升起，卻無法遮擋星光。真美！

當年的他，同樣找了一輛單車，一路載著慕婉，就這麼在星光下從學校回到家。

「阿諾，當年，你是怎麼找到我的，明明員警帶著警犬，都沒能將我給找出來。」慕婉將臉貼在夜諾溫暖寬厚的背上，輕聲問。

夜諾哼哼了兩聲，沒回答。

慕婉切了一聲：「沒趣，每次問你，你都不告訴我，真是討厭。」

夜諾仍舊沒吭聲，但是他的臉色卻很陰沉，像是突然想到什麼不好的事情。從前他很不信科學無法解釋的東西。但是現在對於慕婉之前的遭遇，卻能夠根據現有理論搞清楚。

慕婉的生日是少有的農曆四月十四日凌晨四點四十四分四十四秒。陰年陰月陰日陰時陰分陰秒。

極陰之相。

所以她小時候能看到普通人看不到的穢物，又常常被穢物盯上是有原因的。根據前人的手札，慕婉的極陰之相，不光是令她有陰陽眼，還令她的陰力很重。

古人所謂魂魄，魂魄。魂屬陽，魄屬陰。她從出生開始，魄就強於魂，魄力甚至遠遠大於普通人，這對穢物而言就是個美味大補的人參果啊。

其實，如果慕婉學穢術，恐怕也是千年難遇的天才。因為她的魄力極為強大。但，偏偏她並沒有接觸到除穢師這一行，甚至也因為她的魄力和生辰八字極強卻又沒有能保護自己的實力，造成了她的死亡。

因為夜諾特意查過，半個月前和她一同死亡的女孩，同樣都無一例外，全是農曆四月十四日出生的。

但是像慕婉這種極陰之相的女孩，卻僅有她一個而已，無疑，慕婉和另外十二個女孩，絕對死於陰謀和謀殺。

一想到這，夜諾就很憤怒。

誰殺了慕婉，都要付出難以想像的代價，他發誓！

自行車在唧唧咋咋的一路前行，夜諾雖然對慕婉的死亡有些猜測，可他同樣渾然不知，在距離他們一百多公里外的長江畔的小村落中，一件恐怖的怪事正在發生。

05

長江屍變

習陽村在山谷之間，村子邊上就是長江，江水亙古不變的流淌，而習陽村的村民們由於地處阡陌交通深處，山路難行，所以世世代代都過著犬叫雞鳴，打魚布網的平靜生活。

現代的科技彷彿並沒有在這個偏僻的小山村留下太多的痕跡，古舊的習慣，古舊的生活方式，依然停滯在這裡，彷彿將時光也一併停滯了。

要說科技產物，或許還是有的，例如蔣雄家的小篷船；他從外邊打工回來，順便為自己的小篷船裝上了汽油引擎，這樣就能去長江深處的窩溝子打更多的漁獵回來。

這是全村第一艘有引擎的篷船，村民們很羨慕，但卻並沒有跟著他一起裝，因為村子裡有千年古訓，不能發出太大的聲音干擾到長江水，因為這一段的江水是金沙大王棲息的所在。

驚擾了金沙大王，大王就會掀起滔天洪水，將整個村子淹沒。

對於蔣雄將船改裝出螺旋槳，連他的爺爺也不贊同。但是孫子畢竟是外出打過工見過世面的人，老爺子心痛引擎的錢，最終還是妥協了。

這一天大早，凌晨四點剛過，蔣雄就上了他的小篷船，準備開船打魚，他六十五歲的爺爺也和往常一樣跟過去。

要說他爺爺老蔣，還算是村子裡的傳奇人物。從十五歲開始就拜師，幹起長江撈屍人的行當，現在老了，再加上長江上各種撈屍公司的競爭，爺爺這才金盆洗手，專職打魚。

可長江上的老規矩，爺爺仍舊遵守著。

今天的江水很平靜，水流速度也不快，這種時候在窩溝子打魚，一般都會有很好的收穫，畢竟長江中的大魚，都喜歡在平靜的水域洄游。

蔣雄將烏篷船檢查一番，這是每一個行船的人每天都要仔細幹的事情。長江水特有的篷船，幾乎全是江岸生長的柳木和槐木製作的。很結實，一用就能用幾十年，

但是木頭製作的容易漏水。

江中找食，船是根基，更是依賴，船出問題，在那廣闊的水域，善變的渦流中，哪怕是水性再好也很難活著游出來。

「檢查好了？」爺爺取出旱菸袋點燃，美美的抽了兩口。

「好了咧，好了咧。」蔣雄長相五大三粗，但是心很細，當初在外打工的時候，就因為心細還當上了組長。

現在不行了，娶了老婆，生了娃，到處都是要用錢的地方，打工掙的錢哪裡夠，還不如回老家踏踏實實打魚。

長江經過過渡捕撈，大魚不多了，好魚也不多了，這就造成越是稀缺價格越高。為了老婆孩子，蔣雄起早貪黑的幹，雖然辛苦，但是每天都能有點錢存起來，比打工倒是好太多。

「先祭拜金沙大王。」爺爺在篷船的邊緣，磕了磕旱菸袋，然後尊尊敬敬的從船艙裡捧出來一口不大的香爐。

這香爐有些年頭了，通體被煙熏得黝黑發亮。

爺爺抓了一把糯米放入香爐，然後將三根香點燃，插入爐子裡。香的煙同樣烏黑發亮，筆直飄入天空。

爺爺點頭：「走，今天金沙大王給面子，咱們會有大收穫。」

蔣雄不以為然，這些儀式和傳統對於他們這些外出打過工的人，其實都是暗地裡看不起的。類似的傳統，怕是過了爺爺這一代後，就要沒了傳承，徹底斷了。

畢竟，現在可是高科技時代啊，人類都能上月球了，如果真有鬼鬼神神的話，它們住哪裡，天上環繞的衛星怎麼會拍不到？

蔣雄用力一拉引擎的繩索，引擎就傳來沉穩的轟鳴聲。篷船隨著螺旋槳轉動，一個甩身漂亮的向後倒，之後小船破開風浪，朝長江深處行駛而去。

他和爺爺的目標是窩溝子，那一處地界位於長江中間一個湖心小島後方，由於有小島擋住水路，所以窩溝子裡的魚比較多，比其他地方好打一些。

今天的江面沒什麼風，可不知為何，蔣雄的爺爺在出行後不久，開始莫名的心顫起來，他的心臟慌得很，總覺得會發生什麼不好的事情。

怪了，明明今天祭拜金沙大王時，香煙飄得那麼漂亮，不該有事才對！

爺爺皺眉頭，仔細觀察起江水來。

長江的水從來都是很渾濁的，帶著無數流沙，活活的在中游將大半個四川給刷成了沖積平原。

水中含沙量極大的長江水，今天平靜到極為異常，甚至能透過水面，看到水下兩公尺多深的位置。

類似的情況，老爺子幾十年沒有見到過了。

其他的河道水道變清澈，恐怕會令人興奮，但是長江水變透亮，絕對不是什麼好事，這是習陽村歷代祖宗的教誨。

「雄雄，今天有點不太對勁兒，我們先回去吧。」老爺子一探手，將布滿老繭和皺紋的手伸入江水裡。

明明是夏天，江水的水溫卻非常涼。涼意竄入皮肉，直朝骨頭冷過去。老爺子臉色頓時更加難看了。

果然不太對勁。

蔣雄苦笑，自家爺爺什麼都好，就是太迷信了：「爺爺，你又不是不知道，我為了讓沫沫上個好的小學，湊錢在縣城首付了套學區房，後天就要還貸款了，今天不打魚賣錢，我怎麼去還？」

沫沫是江邊上對曾孫的稱呼。

老爺子深深嘆口氣，他也知道自己的孫兒壓力大，明明現代人的生活挺好的，物質也豐富，怎麼這一代人的壓力比自己年輕的時候大那麼多？

缺錢，比遵守傳統還要可怕。不遵守傳統不一定要命，但是聽說，如果不還貸款，房子就一定不是你的了。

老爺子又一次妥協了：「好，就在窩溝子打魚兩個小時，最多兩個小時，咱們就馬上離開。」

蔣雄點點頭，他明白，這是老爺子最後的堅持，沒有討價還價的空間。

他快馬加鞭，加快速度將船行駛到窩溝子附近，開始和老爺子布網撈魚。沒想到這網一布下去，就有好事發生了。

天大的好事。

剛布好的網嘩啦啦一陣響，水面上用空礦泉水瓶製作的浮漂，顫抖得厲害，這是有大量的魚直接沖到漁網上才會出現的現象。

蔣雄樂得合不攏嘴。

他連忙招呼著老爺子收網，平時下網後至少也要等兩個小時才能收網看看有沒有收穫，現在一放下網就能看到魚撞網，這可是他有生以來第一次遇到這種事。

太興奮了，原本今天他只準備下一次網的，看來收穫一定不小。

果不其然，這一次的漁獲直接讓蔣雄驚訝得合不攏嘴。

網很沉，要用絞盤用力拉。當漁網快要出水的時候，整個水面都沸騰起來，那是大量的魚在用力拍動尾巴掙扎。

大量的魚隨著絞盤吱嘎吱嘎作響的噪音中，漸漸的在漁網中露出真面目。蔣雄越看笑得越開心。

臥槽，他看到什麼，這一網網起來的全都是大魚，而且許多魚他從小就沒見到過那麼大的，長江裡特有的魚類很多，例如那幾十條至少有五斤重的秋刀魚，流線型魚身，魚鱗銀光閃爍。

蔣雄呆若木雞，快瘋了，他在長江水裡長大，秋刀魚看到過最大的，也不過兩斤重，現在能打到半斤重的秋刀魚就已經很不得了。

這半斤重的秋刀魚也要好幾百塊，五斤重的，估計他家老爺子也不曾見過，這一條是多少錢？

後邊還有更凶的，簸箕魚，甚至還有珍貴的大腦袋魚。這些魚，漁民們許多年沒有打上來過，早就以為滅絕了，沒想到蔣雄一併將這些魚都網住了，不光如此，還都是幾斤重的。

許多珍貴的長江特有的魚種，不知隱藏在江水裡多少歲月了，躲過了無數次捕撈，現在卻被蔣雄一網打盡。

蔣雄止不住的笑著，這一網最少要賣十萬以上了，或許還不止。就今天一天，他能提前還清一小半房貸，生活壓力會小很多。

終於能給家裡的娘兒好點的生活了。

但是漁獲的豐富讓老爺子臉色越發陰沉起來。

「這一網收了，咱們見好就收，立刻走。」老爺子用力吸著旱菸袋，聲音不容置疑。

蔣雄捨不得：「爺爺，咱們說好兩個小時才走的。」

老爺子瞪了他一眼：「你不覺得怪嗎？怎麼躲了幾十年，活了無數歲月，都成了精的老魚你一網就能全部撈上來？」

蔣雄笑道：「你今天祭拜金沙大王的時候，不是說會運氣很好嘛。嘿嘿，你看咱的運氣確實好得很，一網十來萬咧，肯定是金沙大王保佑。」

「保佑個屁。」老爺子怒道：「奶奶的，這些魚精平時都躲在河床地下，把水抽乾了，牠們也不一定會挪一挪，現在全游出來了，甚至還一頭撞向你的網上，怎麼看牠們都是在害怕，慌不擇路。」說著，老爺子沉重的看向長江水的深處：「這水下一定有什麼東西，讓那些老魚精恐懼得不顧一切逃跑的東西，在驅趕著牠們！」

蔣雄愣了愣，爺爺的話讓他渾身起雞皮疙瘩。可是長江的歷史太長太長，確實有許多科學無法解釋的事情，就例如今天，為什麼別人都撈不上來的老魚精，他蔣雄就能一網全撈到？

這確實有點怪，有錢賺也要有命花才行。

蔣雄心一橫牙一咬，點頭：「行吧，老爺子，我聽你的，收完這一網咱們就回家。」

說著他加快了絞盤的速度。

這漁網足足有幾十公尺長，一邊理網，一邊將漁網上纏住的魚解下來，分門別類放入專門的儲藏倉中，本就是一件細緻的事情，會出大價錢買長江野生魚的買家，全都是圖一個鮮味。

其實野生魚，哪有家養的魚肉質肥膩、口感好？

野生魚一死亡，價格馬上就要大跌，蔣雄和他爺爺解魚的速度很快。畢竟雖然他們覺得今天的長江古怪，可網上大把大把的魚，可都是錢，都是他們的生計。

絞盤拖網的速度越來越慢，彷彿剩下的漁網掛著沉重的東西，蔣雄心裡高興，看來值錢的魚，在漁網的後半段還有不少。

這一網，值了兩年的打魚利潤。

就在拖網只剩下最後幾公尺的時候，絞盤便開始發出不堪重負的吱嘎響聲，難聽的響聲預示著電動絞盤隨時都會壞。

「撐住，快撐住。」蔣雄心裡默唸。

可天不遂人願，絞盤最終還是發出長長的一聲怪響，徹底停下來。

「怎麼回事？」正在解魚的蔣雄愣然抬頭，只見絞盤的轉動機上因為摩擦產生的高溫，冒出大量的黑煙。

估計是內軸承徹底壞了，這絞盤可是好幾噸的拉力，連沉入水中的大汽車都能拉上來，怎麼竟然拉漁網給拉壞了。

邪乎得很。

沒入水中的漁網，大約也就剩下一公尺半左右，就算是裝滿了魚，也不可能超過幾噸重。

蔣雄丟下手裡的漁網，連忙去檢修絞盤，查看了一下後，他頓時搖搖頭。不行，絞盤不光軸承壞掉，連電機都燒毀了。

完了完了，只能回去後拖上岸大修才修得好。

「爺爺，絞盤完蛋了，只能手動轉漁網。」蔣雄嘆口氣。

老爺子盯了一眼長江水，然後默默的再次加速解魚：「小心些，娃子，我估摸還是快點走，你要實在拉不上來就把最後那一段割掉，剩下的魚不要了。」

「嗯。」蔣雄被老爺子說得有些怕。

他將絞盤轉為手動模式，慢慢的把漁網從絞盤上轉下來。

剩下的沒入水中的漁網，真的很沉重，他拽了一下，根本拽不動。突然，從漁網上傳來一陣巨大的力量，猛然的拉扯，令剩下的一大截漁網全都卡在絞盤的縫隙裡，這一下就給卡死了，扯都扯不出來。

蔣雄急得額頭上的汗珠直冒。

漁網下邊有什麼生物在扯漁網，而且那生物很大很沉重，蔣雄完全想不出來長江中有什麼生物有那麼大的力氣，只是隨便扯了一下，就連篷船都不斷搖晃著。

在船被撞擊的同一時間，窩溝子內原本平靜的水面，陡然像是沸騰了似的。無數的魚，大魚小魚，各種各樣，魚蝦走蟹都拚命朝水面跳。

廣闊的水域表面，一眼看不到邊的魚蝦都瘋了似的，不斷跳出水，落下，又再次跳起，這詭異又壯觀的景象根本不知道哪裡是盡頭。

長江水就像是一鍋沸水，沸水中的魚蝦嚇得失去理智。

蔣雄的篷船就在這鍋沸水中，周圍全是跳起的魚蝦，有好幾條幾斤重的魚跳進了篷船的船板上，蹦躂幾下，眼珠子一翻就沒命了。

死了。

老爺子豁然站起身，他拿起那條麻柳子魚認認真真的看了幾眼後，嚇得聲音都在打顫：「娃子，割漁網，咱們趕緊走，此地不宜久留。」

「爺，好多魚啊。」蔣雄這輩子都沒見過這麼多魚，不要說他，就算是他爺，估摸也沒見到過。

魚多了，人也會怕。

因為眼前的情況，實在是令人頭皮發麻。

「別管魚了，逃！」老爺子竟然用了逃這個字，他撈了一輩子屍體，打了一輩子魚，長江上的風風雨雨什麼沒見過。

他竟然要逃。

蔣雄心底同樣在打鼓，他總覺得這水面陰風陣陣，暗藏危機，心裡下了決定，手上也利索，他抓了一把刀，準備割斷剩下的漁網，然後開船走人。

就在尖刀碰到水面下的漁網時，猛地一股巨力傳來，他手裡的尖刀竟然被什麼給咬住了。噗嗤一聲，尖刀被扯入水中，沒幾秒，那把長達幾十公分的刀竟然被扔回船上。

厚厚的刀身已經捲成麻花。

蔣雄頓時嚇呆了，該死，水下果然有東西，某種可怕的東西。

但更可怕的是，爺爺在發抖，老爺子抖得厲害，臉色煞白。水中有更多的魚從水裡跳出來，跳入甲板。

這些魚每一隻都殘缺不全，彷彿被水中的什麼東西給咬過，有的缺尾巴，有的肚子被咬破了，有的甚至只剩下半截魚身子。

蔣雄通體生寒，他下意識的蹲下身，抓了一隻死魚瞅瞅，不太對，這死魚上的咬痕不對勁。

「這咬痕不是魚和長江中的兩棲動物能咬出來的。」老爺子顫顫巍巍，用艱難的語氣道：「這，分明是人類的齒痕印。」

話音一落，蔣雄頓時瞪大眼，難以置信：「怎麼可能！」

「水下的怪物，就在我們的船附近，否則不會有那麼多的魚嚇得跳進我們的船艙中。」老爺子的臉色陰晴不定，他咬著牙，將自己的寶貝香爐抬出來。

「去，你把船刷成烏黑色。」老爺子將香爐放好，又不知從哪裡摸出一罐黑色的油漆和刷子。

「刷船幹嘛？」蔣雄愣了愣。

「自古撈屍人都用的是烏篷船，你知道為啥？」

蔣雄搖搖頭。

「因為據說冥河中的擺渡船，就是黑色的，長江水上用黑船，水中的亡魂就不會襲擊船隻，因為它們知道黑色渡船是送它們回家的。」老爺子抓起一把糯米，放入香爐裡，然後點香。

船下邊，江水更熱鬧了，魚蝦跳起的速度越來越快，無數帶著咬痕的大魚，不斷往船艙中跳。

猛然間，船被狠狠撞擊一下，蔣雄險些站不穩，掉進水中，他頓時一身冷汗，今天的事實在是太邪乎了。

迷信，奶奶的迷信吧，信它一回。

蔣雄連忙將油漆蓋揭開，一股熏天的惡臭味就竄出來，他捏著鼻子無法呼吸：「爺啊，這油漆什麼東西做的，好臭。」

「魚油和墨魚汁當然臭了。」

說著話的爺爺渾身一抖，雙目圓瞪。只見點燃的香，那黑色的煙氣竟然沒飄多高，就散掉了。

煙散得很詭異，彷彿有一隻無形的大手，將黑煙搧走了似的，可明明江面上一丁點風都沒有。

老爺子額頭上滲冷汗，手也在發抖，他嘴裡唸唸有詞，不斷祭拜金沙大王，可陡然間，本來還在燃燒的香，竟唐突的斷成了兩截。

「不好！」老爺子大叫一聲，催促道：「娃兒，快刷船。」

江面下的東西不但游弋在四周，還不時地撞擊船體。篷船還算結實，暫時沒有散架，可誰知道還能撐多久，以現在的狀況，兩人掉下水絕對活不了。

畢竟那些密密麻麻跳上來的老魚精身上，沒有一隻是完整的，全都被某種類似人類口腔的生物咬過。

蔣雄忍住臭，他用黏稠的魚油不斷將小篷船刷成黑色，還要時時提防著來自船下的撞擊，他刷得很艱難，也不快。

老爺子眯了眯眼，他抓起香爐，放入江水中。

黝黑的銅香爐一入水，竟然怪異的沒有沉下去，反而漂浮在水面。老爺子又從船艙拖過來一大把糯米，拚命的往水中撒。

香爐終於沉入水中，隨著糯米的撒入，大片大片殷紅的血似的液體，猛然間湧入江面，將整片江水都染得妖豔無比。

蔣雄看呆了：「怎、怎麼江水變紅了？」

這種事他聞所未聞。

「江水裡有屍體，有冤死的屍體，那屍體怨氣不散，在水中就會作妖，一碰到糯米，它們的怨氣會讓糯米變紅。」老爺子道。

蔣雄難以置信：「不可能吧，這不科學。」

老爺子懶得理會孫兒，他不斷從船艙裡把當年幹撈屍人活路的物件拿出來。蔣雄苦著個臉，自己爺爺到底是從什麼時候開始，將這些東西給偷偷藏在船中的？難怪感覺最近的船油耗很高！

他手沒敢停，當刷完整個船的時候，水下的撞擊竟然突的就停止了，而江面上的魚也不再胡亂跳出水面。

江水恢復了平靜，平靜得讓人心悸。

老爺子用拖屍鉤有節奏的打著水面，糯米、朱砂、鐵鏽不斷撒入水裡，嘴裡的聲音也大了許多：「塵歸塵土歸土，水下冤死的娃兒，如果你放心的話，拚著我這把老骨頭，我送你回家。」

說也怪，就在爺爺說完這句話的當口，平靜的水面頓時再次沸騰起來，在離船不遠的位置，水下咕嚕咕嚕的直冒氣，無數的氣珠子湧上水面，發出啪啪啪的破裂聲。

不多時，一具屍體真的浮上來。

是一具女屍，穿著白色的連衣裙，長髮披肩。女屍的容貌隱藏在亂糟糟的髮絲中，看不到模樣，可是它身材極好，年齡應該也不老。

屍身沒有腐爛的跡象，還保留著她死前的狀態，如果不是漂在水裡，蔣雄還以為她只是睡著了。

「屍體，真的有屍體啊。」蔣雄聽到自己腦子裡發出的聲音，那是常識破碎的響。今天遇到的一幕幕，完全超出他的理解能力。

「勾上來。」老爺子伸出拖屍鉤，把女屍的腳勾住，然後一點點的朝船上拖。

這具女屍異常沉重，好不容易才將它給弄到船艙的甲板上。兩人端詳了女屍幾眼。

女屍非常漂亮，瓜子臉長睫毛，合攏的眼簾閉上，潔白沒有瑕疵的臉龐讓人心猿意馬，這女孩大約只有二十歲模樣。

「太可惜了，這麼年輕就死了，白瞎了這麼漂亮的樣貌。」只比這個女孩大幾歲的蔣雄嘆息道。

老爺子一巴掌狠狠打在他後腦勺上：「說什麼啊，人都死了，你還在嘴碎，不怕它來找你？快道歉！」

蔣雄只得對著女屍連連道歉。

他看著女屍的模樣，突然像是想到什麼：「爺，半個月前嘉實遊輪不是有十多個女孩自殺了嘛？據說到現在屍體都還沒有找到，你說這具女屍，會不會就是遊輪上自殺的人中的其中一個？」

老爺子端詳著女屍，伸手用大拇指將女屍的手臂皮膚按下去。

這具女屍的皮膚很有彈性，一鬆手皮肉就彈起來，老爺子也估摸不準：「不太像啊，泡在水中十多天的屍體，就算沒被魚蝦吃乾淨，也會因為脂肪融水的原因，全身都和黃油似的軟。」

「但今天發生的怪事太怪了，我一輩子也沒遇到過。」

老爺子摸摸鬍子：「算了，既然已經答應了這女娃把她送回家，我們不要夜長夢多，先把她帶回村子裡再說。」

蔣雄點頭，他越看越覺得這具女屍肯定是嘉實遊輪上的自殺者之一。這件事本地新聞經常播放，而且據說這些自殺女孩有幾家人非常有錢，懸賞百萬尋找屍體。如果這具女屍真是那船上跳下來的，送回屍體大概能拿到不少的賞金和打撈費。

一想到這兒，蔣雄的眼睛都亮了。

總之今天雖然嚇壞了膽，可結局還是好的，至少人沒事，蔣雄拉動引擎的繩子，準備開船回家。

就在這時，老爺子彷彿在女屍上看到什麼，陡然尖叫道：「停！快停！」

「咋了？」蔣雄從來沒有聽爺爺叫得這麼恐懼這麼害怕過，剛剛發生詭異事件時，老爺子也算鎮定，怎麼現在突然就怕得不得了了？

爺爺眼露懼色，在女屍下方摸索一下，只見女屍的右腳踝上，套著一根極細的青銅鎖鏈，老爺子扯著鎖鏈，用力往外拉。

一聲脆響傳來，青銅鎖鏈另外一段居然垂在水中，隨著鎖鏈落入船艙，被青銅鎖鏈鎖住的東西，也「劈啪」的落進了船上。

這是一塊接近十多斤重的狗頭金，乍看像是天然形成的，可上面偏偏雕刻著花紋，以及一個痛苦的婦女模樣的紋路。

模樣像個上邊大下邊小的令牌。

「這女屍不能上船。」爺爺喃喃自語，說著就想要將屍體推下去。

「爺！」蔣雄驚呼，這推下去的有可能是幾百萬啊：「這，不是說要送她回家嗎？」

「送不回去，送不回去。」爺爺搖頭：「她腳上纏著長江令，是註定了要留在長江水中的，誰帶走她，子子孫孫都會被詛咒。娃子，快，跟我一起把屍體推下去！」

老爺子嚇壞了，臉色煞白。蔣雄沒辦法，只好走上前跟著老爺子一起推屍體，他爺是長江上的老水鬼，既然說這具屍體不能留，就絕對不能帶回去。

蔣雄很清楚這一點。

就在兩人翻轉屍體的瞬間，本來女屍還安安穩穩閉合著的眼睛，猛然就彈開了，露出一雙邪魅猩紅的眸子來！

06 撈屍公司

夜諾和慕婉騎了一夜的車，第二天一大早來到最近的一個小村落，之後搭乘早班車緊趕慢趕才來到重城。

重城是長江邊上有名的山城，山巒起伏，建築依山而建，依水而居，金沙江和長江從城市正中央川流而過，很是壯觀。

慕婉很興奮，坐在輕軌上不住的大呼小叫。

「阿諾阿諾，你看長江，好漂亮，像是一條玉帶子，繫在城市的腰桿上。」慕婉跪坐在椅子上，呼呼叫個不停。

她的蘿莉模樣實在是太顯眼，烏黑長髮，修長身材，萌萌的臉，長長睫毛，以及吹彈可破的皮膚，輕軌上一眾男女不停的瞟她。

慕婉一隻手扶著欄杆，一隻手緊緊牽著夜諾的衣袖。

夜諾白了她一眼：「你又不是沒見過。不要忘了，你可是死在長江上的。」

「嗚嗚，人家還是第一次和阿諾你出來旅遊嘛。」慕婉嘟著嘴。

這妮子身體變年輕後，彷彿人設都變得幼稚了。

哦，不對，她本來就很幼稚。

「旅遊？旅遊個屁，我們是來找你屍體的。」夜諾撇撇嘴。

「啊嗚，阿諾你是笨蛋，不懂風情。」慕婉背過身，小嘴嘟得更高，她生氣了。稚嫩的小臉中，慕婉看著夜諾倒映在車窗玻璃上的模樣，眼神卻是暗淡的。她多想一直這樣，一直陪在夜諾身旁，嫁給他，和他生一堆小猴紙……哪怕只能每天看到他一小會兒也好。

這樣真好，一如她的人生前十多年一直規劃好的那樣。

但自己怎麼就稀裡糊塗的死掉了呢？

慕婉眨巴了幾下眼睛，終於安靜下來，沒人想死，可自己殘魂存活的時間，還剩十六天，要在幾千里的江水中找到屍體，而且那具屍體還沒有被魚蝦吃盡……這個機率有多小，用膝蓋想也想得出來。

她不認為夜諾能找到自己的屍體，況且就算找到也不能復活。她只想用最後的時間陪在夜諾身旁，吃好吃的，玩好玩的，就這麼不留一絲遺憾的永遠離世。

但她同時也明白，夜諾從來都不是一個會放棄的人。

「咱們去哪兒？」慕婉微微嘆口氣，然後又笑起來，迷死人的笑，令整個輕軌都如沐春風，看得人心情平朗。

夜諾用手機調出資料：「去這兒。」

慕婉低頭一看，然後愣了愣。這是一張招聘廣告，名稱叫長江偃師打撈公司，這家打撈公司，顯然主要項目還是打撈長江中溺水者的屍體。

「你要應聘潛水夫？」慕婉笑得前仰後合：「阿諾，我記得你連游泳都不會吧？」

「我今天就學會。」夜諾撇撇嘴。

「但是你沒有潛水資格證啊，人家是招聘有證書的潛水夫啊。」

夜諾手一翻，抓出一小坨百變軟泥一揉，變戲法似的，就變出一本潛水證書來。栩栩如生，證書上的照片，夜諾還是那張苦瓜臉，沒笑容。

得，他是鐵了心的準備去當潛水夫，還是打撈屍體的那種。

說幹就幹，在附近找了一家游泳館，夜諾果然一天之內學會了游泳，以他現在的身體素質，太簡單了。

第二天一大早，兩人便去長江偃師打撈公司應聘。

剛到地方，兩人手牽手，像兄妹般溜達到公司門口，就聽到一陣鬧哄哄的聲音。

夜諾定睛一看，只見有幾十個人舉著牌子，正在打撈公司大門口抗議。

那些人手上的牌子血淋淋的寫著幾行字——長江偃師打撈公司草菅人命！

——職員江上失蹤不聞不問，甚至不將真相告知家屬。

——公司不斷阻攔家屬報警，是何居心？兩位職員已經失蹤七天七夜，為什麼還不大規模的搜尋？

——血汗公司只要錢，不管人死活。不斷推諉，不告知警方失蹤職員的最後位置，不告知家屬失蹤者的最後任務到底是什麼，太惡毒了。

慕婉偷偷扯了扯夜諾的衣袖：「阿諾，好像有人在鬧事。」

夜諾盯著看了一會兒，又找附近的人問了問情況，頓時明白前因後果。據說七天前這家公司曾經接了個任務，任務不算難，所以只派了兩個人前往。

那兩個人，一個是中年穩重的老打撈員，叫做鞏全，還有個小夥子文諸五，雖然是見習打撈員，但是也有數千小時的水下潛泳經驗。

但就是這麼個任務，兩人竟然一去不回。

鞏全是家中的頂樑柱，一家老小都靠他的工資過活，而且妻子最近還生了二胎，家中經濟壓力很大，他一失蹤，家都快要塌掉了。

世上的中年人，哪個不是如此，肩膀上有多沉重，只有自己才清楚。

但是兩人失蹤後，公司居然下意識的瞞起這件事，自己派了幾隊打撈員去尋找，可始終無果，等兩人的家屬從別的員工口中偶然聽到消息後，找公司高層對峙，高層依然顧左右而言他，不告訴他們真相。

家屬果斷報警，警方終於調查清楚文諸五和犟全兩人，確實是失蹤了。

水上失蹤和一般的失蹤案很不同，城市裡失蹤，活會見人死會見屍，而長江上要是有人失蹤，肯定是遇到危險，而搶救的時間也很短，一旦失蹤，拖久了，很有可能就會變成懸案，再也找不回來。

報警的時候，已經距離兩人失蹤五天以上，早已經過了最佳搜尋時機，警方用快艇在江面上尋找過幾次後，也放棄了。

犟全和文諸五的家屬當然很憤怒，一連幾天都堵在公司的門口討要說法。夜諾看著這群憤怒的家屬，若有所思。他們有的坐在地上，有的站著激烈的和保安吼著什麼。文諸五和犟全的兩張照片被放得很大，一個沉穩忠厚，一個年輕有為，長相頗為帥氣。

理智的想，已經七天過去了，兩條鮮活的人命，應該已經凶多吉少，但是對家屬而言，卻很難接受。只要沒有見到屍體，或許就有希望。

犟全的相片下，一位中年發福的婦女抱著一大一小兩個孩子，正在抹眼淚，估計是齊全的妻兒。

「走吧。」夜諾無法評說什麼，繞過這群人，走入公司裡。

敏感時期，長江偃師打撈公司的保安很警覺，立刻迎上來，接連詢問道：「你們是來幹什麼的？」

警衛心裡犯嘀咕，這一個年輕人一個蘿莉，怎麼看都和自己家公司的業務扯不上關係，該不會又是來鬧事的吧。

「我們來應聘打撈員的。」夜諾將只有十歲模樣的慕婉扯過來，大咧咧的說。

警衛頓時瞪大眼，啥，應聘的？就這兩人？

他們是在開玩笑，還是腦子有問題？先不說這個年輕人，那蘿莉看起來漂漂亮亮柔柔弱弱，怎麼都不像會潛水的模樣。她，大概只有十一、二歲左右吧，還是虛歲。

「應聘潛水夫，她也是？」警衛摳了摳腦袋，他有點頭痛。

「不錯。」夜諾淡淡道。

「開什麼玩笑，哪有十歲的潛水……」警衛正喊著，突然看到夜諾從褲兜裡掏出一本潛水證，證書上的十歲慕婉笑得燦爛天真。

臥槽，這還是最高級的A級潛水資格證，簡直是瞎了他的狗眼。

警衛乾咳兩聲，打電話通報後，這才讓他們進去：「進門右拐，那兒有個會客室，人事部會在那兒面試你們。」

順著路走，夜諾和慕婉來到會客室前。他走進去就看到兩男一女，兩個男子都是中年人，女的倒是很年輕，只有二十來歲。

三人看到夜諾和十歲左右的慕婉，都同時一愣。

「胡鬧，怎麼連小孩子都來應聘了，我們公司難道就真找不到人了嗎？」其中一個男子憤然道。

另一個男子也揮揮手：「小孩子快回家。」

「別急著趕人。」夜諾笑笑：「我妹妹看起來雖然小，其實她出生的時候缺氧，所以囡齡了，十八歲肯定是有的。而且她最牛逼的是，潛水資格證是在美國考取的，考的還是最難最頂級的S級資格。她天賦異稟，就算不用氧氣瓶，光是閉氣都能閉個十來分鐘。徒手能潛三十多公尺深。」

「怎麼可能。」中年男嗤之以鼻，怒道：「撒謊也要有個界限，我們都是專業的潛水夫，從沒聽說過不帶護具就能下潛三十多公尺的，巴瑤族人都做不到。」

「要不試試。」夜諾胸有成竹：「如果她做不到，我們立馬就走。」

三個人低聲嘀咕了一下，或許是因為公司實在是太缺人了，最終還是點頭：

「行，希望你們不是來找碴的。」

幾個人帶著夜諾和慕婉朝公司後邊專門的訓練場走去。

慕婉偷偷的扯了扯夜諾的衣服：「阿諾，我游個泳和狗刨似的，哪裡會潛水啊。等下怎麼辦！」

夜諾笑道：「你笨啊，現在你都死了，用的軀體雖然跟真人差不多，但是沒有新陳代謝更不用呼吸啊，你等會兒跳到水裡，什麼也不管，直接往水下沉，沒事朝我們揮揮手，笑著示意就好。」

「啊，對哈。」她敲了敲自己的小腦袋：「我經常忘了自己已經死了。」

夜諾環顧了周圍幾眼，又道：「這個公司很混亂，而且人心惶惶的，絕對有問題。」

「什麼意思？」慕婉問。

「我調查過這家公司，他們後台很大，有上市公司的外資背景。擁有員工一百多名，其中有六十多個潛水夫，不可能只是失蹤了兩個潛水夫，就急著打廣告招潛水夫，除非，公司缺潛水夫缺得厲害。」夜諾說。

慕婉的小腦袋瓜沒明白：「阿諾，直接說結果。」

「我猜，當初翚全和文諸五在七天前失蹤後，這家公司並不是沒有作為。他們有可能一邊將事情隱瞞起來，一邊派出大量的人手搜尋，但不知為何，那些出去搜尋的潛水夫都沒能回來。」

「怎麼可能！」慕婉瞪大眼，她感覺背上發涼。

都沒有回來——意思是，長江偃師打撈公司失蹤的遠遠不止兩人而已，許多派出去的潛水夫全失蹤了？

而公司出於某種目的，不斷用謊言一邊隱瞞這件事，一邊又高薪招聘新的潛水夫補充。

「這只是我的猜測而已，但是八九不離十，我們進公司後，估計馬上就會被分派任務，到時候就知道了。」夜諾面無表情。

他總覺得最近長江裡或許發生了某些可怕的大事。暗流湧動的，不光這家公司，許多家重城的打撈公司都被影響到。

一旦爆發，不知道多少公司會堅持不住或者扛不下鉅額的賠償而倒閉，長江偃師打撈公司的高層，應該在做最後的掙扎。

很快就到了訓練池。

水池大約十五公尺深，一邊是玻璃，能夠很清楚的看到池水中的景象，一般用來給潛水夫在平時訓練用的，只有財大氣粗的公司才修得起。

足以看出長江偃師打撈公司的實力雄厚。

慕婉換好潛水服，撲通一聲跳入水中，面試的兩個男子緊張的看著這小蘿莉，他們心裡沒有底，準備一見到有危險就馬上跳下去救她。

可自從慕婉跳水後，兩人就傻了眼，因為少女根本沒有試水的過程，整個身體如同石頭般往水池底部墜落，跟一個不會游泳的人差不多。

「快救人！馬勒個逼，這小丫頭該不會是瘋了，完全沒有潛水基礎，甚至不會游泳。」其中一個中年人破口大罵，正要跳進去救人。

夜諾一把將他拽住了。

「幹嘛，我可是要去救你妹妹，她都快要死了，你知不知道，真是些瘋子！」那中年人掙扎著，怒視夜諾。

可夜諾的手如同鐵鉗，他根本掙脫不掉。

「看清楚了，溺水的人會在水中睜著眼睛笑嗎？」夜諾指指玻璃。

三人頓時瞪大眼，臥槽，畫風不對啊。如同石頭一般沉下去的慕婉，絲毫沒有溺水者該有的表情，她笑嘻嘻的一邊往水中潛，一邊還開心的揮揮手。

很快她就到水底下，裝模作樣的鼓著腮幫子假裝閉氣，然後手背在身後，在池底下悠哉的走來走去。

面試官快瘋了，這丫頭果然是牛逼的存在啊。閉氣閉到現在，快五分鐘了還有餘力，在水池中閒庭信步不說，而且完全沒有難受的樣子，甚至連大眼睛都能在水裡睜開，好奇的到處瞅。

這完全顛覆了他們的潛水觀，難怪能通過最嚴格的潛水考試，拿到S級潛水證，這丫頭果然天賦異稟。

「叫她上來吧。」等了八分鐘後，慕婉依然遊刃有餘，考官忍不住了，比劃手勢讓慕婉先游上來。

「既然你妹妹的專業技能這麼強，那麼你恐怕也差不到哪兒去，你們都被我公司錄取了，大概什麼時候能來上班？」右邊的中年男急切的問。

「今天就可以。」夜諾道。

隨後兩人去內務部辦了入職手續。不用說，兩人所有的身分資訊都是假的，是夜諾利用百變軟泥變出來的。

先別說公司現在一團糟，沒人真的去查證，就算查證他們是水貨，證件都是歪的，那又怎樣，到時候夜諾和慕婉，早就只留下背影，離開公司了。

慕婉的殘魂，還剩十五天。

進入公司的當天下午，長江偃師打撈公司就開了一個全體動員會議，先是歡迎了夜諾和慕婉這兩個牛逼的新任潛水夫，之後講起了當前公司遇到的困境。

大多數公司員工的視線都集中在大大方方的慕婉身上，大家都對她的年齡產生了懷疑，但是夜諾製作的身分證件天衣無縫，哪怕慕婉看起來最多十歲，證件上人家就是堂堂正正的十八歲，不服都不行。

許多員工都感慨慕婉的可愛，以及她考取了傳說中百分之九十九的潛水夫都無法通過的S證，反而忽略了夜諾。

夜諾瞟了一眼會客廳。

偌大的會客廳裡，坐了六十多人，其中有二十個潛水夫，潛水夫的特徵非常好辨認，手腳漆黑，只有穿了潛水服的部位是白的。

本來擁有接近七十位潛水夫的公司，剩下四十多位潛水夫去哪兒了？五月的長江已經開始逐漸氾濫，許多支流都漲起大水，並不是傳統的打撈旺季，不可能四十多人通通跑去出任務。

夜諾越發肯定自己的猜測。

果不其然，在介紹了夜諾和慕婉之後，公司開始逐一發放一張A4紙，夜諾低頭一樣，竟然是切結書。

切結書很簡單，寫明等一會兒領導嘴裡說出來的話，絕對不能外傳，那是公司機密，如果傳出去，會按照洩露公司重大機密罪，將其告上法庭。

夜諾和慕婉對視一眼，她眼中有些驚訝，低聲道：「阿諾，看來真被你猜中了。」

「嗯，等會兒聽聽他們怎麼說。」夜諾道。

簽好字，公司領導讓秘書將切結書收起來，全都仔細審閱一遍後，這才開口。長江偃師打撈公司的領導頗為年輕，大約只有三十歲，氣質很好，有些小帥，但是這位領導的心情顯得不太好，臉色陰沉。

夜諾調查過他，這人叫鄧浩，是一個多月前才從中部空降到長江偃師當總經理的。

新官上任三把火，他這三把火燒得可不算旺盛，如果處理不好，估計火都要熄滅了。

「相信大家也都猜到，最近一個月，我們公司遭遇了嚴重的危機。七天多前，我們的老員工鞏全和實習打撈員文諸五莫名其妙失蹤了，打撈船最後出現的位置，在這兒。」

鄧浩打開投影儀，在地圖上指指。

「地圖上的那個紅點，就是打撈船失去信號前 GPS 最後一次的定位。」

夜諾抬頭，這個紅點在長江主幹道側邊，位於馬口溝一個叫追魂蕩的地方，那地方的水域很寬廣，而且水流平穩，不像是個容易出船難的所在。

「你們看地圖，很安全的地方，我們公司的調查員也說難度不大。」鄧浩語氣頓了頓：「所以七天前的任務，我才派了他們去，因為很輕鬆。但卻沒想到他們一去不回，這是公司的損失，每一個打撈員這麼多年來，都對公司有不可替代的貢獻。」

夜諾舉手，打斷了鄧浩的假大空發言：「請問，鞏全和文諸五在七天前到底去執行什麼任務？」

鄧浩深深看了夜諾一眼，倒是沒有隱瞞：「你是夜諾吧，新來的打撈員，很高興你加入長江偃師這個大家庭。」他接著說：「鞏全和文諸五兩位執行的最後任務，其實也是現在長江邊上沿途所有城市所有打撈公司都在競爭的——半個多月前的嘉實遊輪事件，不知道你有沒有耳聞過？」

夜諾點頭：「我看過新聞，好像是那艘豪華遊輪從上城一路逆流而上，過了宜城後，突然有十三個妙齡少女趁著夜色，跳江自殺。那些少女的船艙裡，都找到她們親筆寫下的遺書，說是人生沒有意思，所以她們早就在網路上聯繫好，在長江上一同自盡。」

慕婉以及十三個少女的自殺迷霧重重，但是偏偏證據非常紮實，就連警方也摸不到漏洞，如果不是夜諾實在是太熟悉慕婉了，他估計都要被騙過去。

慕婉接觸過什麼人，幹過什麼事，他清楚得很，因為這丫頭啥都會樂呵呵的打電話給自己通報。

她自始至終根本就沒有和另外十二個少女接觸過，所有證據都是兇手殺死她們前早就布置好的。

「知道就好解釋了。」鄧浩說：「那十三個自殺的少女，有好幾個家庭條件非常好。其中最好的是一個叫慕婉的女孩，她家超級有錢。她自殺後，她的父親就懸賞五百萬委託各路打撈公司，尋找她的屍體，但是接連好幾天都一無所獲。之後慕先生又將懸賞提高到兩千萬，我們長江偃師肯定是想要吃下這筆錢的，所以我從美國總部進口了專業的設備，讓搜尋組通過當天的水流情況，風速，渦流分布狀態，甚至租用了超級電腦推算。」

夜諾心裡乾笑兩聲，為了拿懸賞爭業績，這位空降的領導可真是用盡了手頭所有的資源，這人也算是個牛逼的存在，可惜，遇到這種焦頭爛額的詭異事件。

「超級電腦推算出十三具屍體大概被江水帶走的走向範圍，我當天一共派出十三艘船，去了十三個有可能出現少女屍體的位置打撈。文諸五和鞏全負責的就是馬口溝這一段。」鄧浩嘆口氣：「可是他們卻失蹤了，其他十二組人馬裡有十一組都沒有任何收穫。我連忙叫齊別的打撈隊員，組織二十多人去尋找鞏全他們……結果，那二十多人也失蹤了，我打電話請示了總部，總部讓我繼續派人去尋找上兩批人。最終，前前後後派出去了四十七人，沒有一個回來！」

長江偃師足足失蹤了四十七人，全都失蹤在馬口溝附近。這真相會議廳裡的大部分人也是第一次聽到，頓時會議室內爆炸了似的，所有人交頭接耳議論紛紛。

夜諾露出果不其然的表情，再次舉手：「領導，你不是說一共派出十三隊人馬，其中一隊失蹤，十一隊沒有收穫，那剩下的一隊人究竟發現啥？」

他敏感的聽出鄧浩語速飛快時留下的漏洞。

鄧浩臉色一陣發白，他欲言又止，猶豫很久，所有人都感覺到不對勁兒了，台下六十多人都抬頭看向他。

這位領導一咬牙：「好吧，我就實話實說吧。我們發現自殺的十三個女孩的其中之一，但是屍體的情況有些詭異。」

詭異？

員工們紛紛詢問，但鄧浩不再解釋，反而用力拍拍桌子，大聲道：「我這次召開誓師大會，是想要組織最後一批去馬口溝的救援人員，將所有失蹤者都帶回來。就算帶不回來，也希望能找到些線索。有沒有人肯主動請纓的，這一次，不強制大家參與。」

他的這句話，令整個會議室鴉雀無聲，落針能聞。

鄧浩苦笑，大家的反應他心裡明白得很，於是點名道：「譚德，你在公司是老員工了，從業二十多年，一直都兢兢業業，這次的救援……」

他一開口，譚德就把腦袋搖得撥浪鼓般：「領導，我上有老下有小的，你說句實在話，要炒我就把我炒了得了。」

譚德把話說得很死，他寧願離職都不會參加救援隊，畢竟，他在長江上摸爬滾打，哪裡不知道長江的詭異。

這次的事件，比表面上還要更加邪門。

「那，丁偉才？」鄧浩又問。

「不要啊領導，我就是一個才過實習期的小潛水夫，哪裡擔得了重任。」丁偉才也不幹。

一連點名了好幾個有實力的潛水夫，沒有一個人願意。其實就算鄧浩隱瞞情況，這些潛水夫哪個不是人精，從公司的狀況就能推測出來最近有點不妙。

長江水中刨食很危險，近段時間還是待在岸上安全點。

鄧浩又嘆口氣，用起激將法：「那些失蹤的老員工，哪一個不是你們勾肩搭背的好朋友，你們沒有吃過飯喝過酒，吹過牛看過妞？不能見死不救啊！」

他這話起了反作用，剩下的潛水夫陰陽怪氣的指著他，是他的指令出問題，才導致接近五十個潛水夫通通失蹤。

「參加的人，每人二十萬獎金。」鄧浩拿出殺手鐧。

重獎之下，大部分潛水夫依然不為所動。獎金確實多，但也要有命來花啊。

就在這時，夜諾舉手了：「我去，還有我妹妹，兩個人都參加。」

他身旁的老潛水夫連忙拽拽夜諾的胳膊：「小兄弟，你傻了啊，正是初生牛犢不怕虎，你們雖然潛水證很牛逼，但是太不瞭解情況了，這次的搜救任務，很有可能一去就回不來了。」老潛水夫心腸很好，又壓低聲音：「而且公司黑心腸得很，不將真實情況通報給警方，明擺著是鄧浩害怕自己一上任就搞到公司破產，他在想辦法一邊推卸責任，一邊用點小錢博最後一把，錢在他手裡，命在你手裡，你要哪個？」

夜諾不為所動：「搜救任務，算我們兩個。」

「哎，你真是的，缺錢也不能這樣啊，這個錢哪有那麼好拿。」老潛水夫惋惜道：「你們年紀輕輕的，不要自己找死。」

夜諾謝了老潛水夫一聲，依舊堅持，老潛水夫也不再多說什麼，但神色掩飾不住的恨鐵不成鋼，這是前輩對晚輩的關懷。

「很好，已經有兩個人參加救援隊了。我們盡量湊齊五個人。還剩三個名額，誰願意？」鄧浩加碼道：「獎金，每人二十五萬。」

坐在夜諾身旁的老潛水夫一咬牙，也舉起手：「算了算了，我可不想眼睜睜看到那兩個菜鳥去送死。算我老顧一個。」

眼看老潛水夫舉手，鄧浩頓時眼睛一亮，哈哈大笑：「太好了，老顧你可是我們公司的王牌，在我還沒來公司前，就聽過你的大名了。對了，大家不是很好奇嗎？派出的十三隊人中，只有一隊有收穫。那隊人就是老顧帶領的，他們打撈回來了一具女屍，應該就是嘉實遊輪上跳下去的其中一個少女。」

慕婉父親的懸賞寫得很清楚，即使找到非自己女兒的屍體也有獎勵一百萬。作為生意人，他很清楚，如果只是懸賞女兒屍體，那麼尋找到的機率微乎其微。甚至因為江水泡過後的屍體沒辦法辨認，反而會將女兒真正的屍體拋棄掉，因為拿不到錢。

這是人性，慕伯父深明人性就是如此經不起誘惑，為了找到女兒的屍體，他也想盡了辦法。

夜諾詫異的轉頭看了一眼老潛水夫，這個接近五十歲的男子，五大三粗的，但是性格很豪爽，見夜諾看他，他不好意思的撓撓頭。

「謝謝。」夜諾再次道謝。老顧對後輩的關愛，是發自內心的，並沒有摻雜太多利益，這樣的人不多了。

老顧的號召力很強大，他要去，再加上鄧浩把懸賞增加到每人三十萬，於是剩下的兩個名額也滿了。

鄧浩鬆口氣，他讓參加救援隊的五人留下，剩下的全離開會議室。

這人在台子上走了幾步，看所有人都出去了，救援隊的人抬頭，視線集中在他身上後這才開口。

「也許你們會很奇怪，為什麼我堅持不報警，堅持再次派打撈員去營救失蹤的潛水夫？」鄧浩突然道：「第一，是因為公司的利益。如果報警的話，公司肯定會倒閉，而我的前途也就沒了。我明人不說暗話，這一點我確實很自私。但，我人心也是肉長的，不會一次又一次的派員工去冒險——除非，我有把握。」鄧浩又道。

夜諾瞇了瞇眼，四十多個潛水夫前仆後繼，全都失蹤了的兩波救援任務。現在鄧浩竟然說自己有把握？

難道他掌握了什麼新的線索？

果不其然，鄧浩大手一揮，臉色流露出一絲興奮：「你們來看看這個！」

他用投影儀投出一份資料，老顧等三個潛水夫一看到，頓時臉色大變。

這，不可能！

07 詭異女屍

鄧浩投影的資料上，赫然是幾艘船的座標。這些紅色座標是通過衛星定位記錄下來的，而記錄的時間，竟然是昨晚上凌晨十一點。

這很不可思議。

「這些定位，是那些失蹤的打撈船上的衛星定位發出來的，對吧？」老顧急切的問。

既然幾天前那些打撈船都失蹤了，甚至完全失去聯繫，按道理很有可能已出了船難，打撈員全都凶多吉少。

但是昨晚船隻的定位器卻和衛星聯繫上，刷新定位，這就意味著，船有可能沒大損壞，而船上的人，或許也還活著。

這是極好的消息。

「不錯。」鄧浩激動道：「我們公司的潛水夫都還活著，最主要的是，所有的船都在同一個位置發出信號，只要我們再組織一次搜救任務，說不定就能將他們全都救回來，這樣公司也不用破產了，甚至還能拿到這次的懸賞。」

夜諾看看資料，狐疑道：「可是打撈船的位置，已經不在追魂蕩附近，更不在馬家溝了。這是怎麼回事？」

「也許是船失去了動力。」鄧浩說。

「不，不對。」老顧很有經驗：「如果只是船失去動力，那應該朝下游漂去才對。可現在的失蹤船隻定位，分明在馬家溝的上游。」

怎麼看，怎麼都覺得不太對勁兒。

夜諾皺眉頭。

如果船沒有發生船難，船員還活著，為什麼他們不回來？定位器的位置，距離長江的岸邊並不太遠，一公里都不到，那一處位置的江水不算湍急，以潛水夫的水性，隨便游個來回就到了。

但是，他們卻仍舊處於失蹤狀態。

船為什麼會漂到上游，而且看定位的資料，他們還在以恆定的速度往上游前進。

既然船都能被衛星定位了，船上的人為什麼不使用無線電呼救？他們真還活著，不可能在危機中還不派人時刻守著無線電。

除非他們處於根本就抽不出人手的狀況。

夜諾感覺值得懷疑的地方，實在是太多太多，總覺得昨晚的失蹤船隻定位，有那麼一絲詭異。

鄧浩不想自己的職業生涯毀掉，他很急迫：「今天大家好好休息一下，明晚我們一早就出發，這一次我會跟船，和你們共存亡。」

說完他就離開準備去了。

老顧拉著夜諾和慕婉，苦口婆心的說了些長江下潛水要守的規矩和注意事項後，這才走人。

夜諾沒急著走，他賊呵呵的看了一眼天色，又扯著慕婉低聲道：「有沒有興趣去瞅瞅和你一起跳河的女孩屍體？」

「不要，好瘆人。」慕婉膽小：「我怕。」

「你都不是人了，怕啥。」夜諾沒管她，偷偷摸摸的帶著慕婉朝會議室後邊摸過去。

他想仔細檢查一下屍體，看有沒有可疑的地方，說不定能從那具女屍身上，找到些慕婉離奇死亡的線索。

進打撈公司後夜諾就在一直仔細觀察，會議室旁的辦公樓有火災逃生地圖，他將整個公司的格局都牢牢的記在腦子裡。

會議室邊上有一條小路，順著走就能離開辦公樓到後方。由於最近整個公司都人心惶惶，作為兩個剛入職的新人，本應該有專人來帶他們熟悉環境，可現在沒人有這心思，就連作為領導的鄧浩也忘了。他在準備明天一大早的救援事項，這倒是給了夜諾很大的自由。

長江偃師打撈公司主營業務是撈屍體，但是打撈上來的屍體家屬不一定能很快將其領走，所以在公司後邊一棟偏僻破舊的小樓中，單獨修建了一座小型停屍房。

快中午了，公司裡大部分人都被鄧浩叫走，停屍房的守門人也溜達去食堂吃午飯，夜諾等沒人看守的瞬間，準備打開門溜進去。

但是他的手還沒有接觸到停屍房的門，整個人就愣了愣。

「咦。這是閉纏咒？」夜諾詫異道。

只見門上幾處隱晦的地方，刻著幾個怪異的符號，這些符號分明是除穢咒的一種，叫做閉纏咒。

「閉纏咒是什麼？」慕婉好奇的問。

「這是一種鎖門咒，你看這幾個地方，就像是一道道合攏的小門，只要刻了閉纏咒的門，普通人打不開。如果硬要開啟，就會觸發一連串的警報，通報給刻符人。」

夜諾皺起眉頭，他心裡湧上一股不祥的預感。

怪了，這打撈公司中竟然會出現除穢咒，而且顯然還是幾天前剛刻上去的，這個時間段，與老顧將自殺的女屍撈上運回公司的時間點幾乎重合。

也就是說，女屍一被拉入停屍房，就有人刻咒封門。

這是怎麼回事？

一個小時前的全員動員大會上，長江偃師打撈公司所有的工作人員都在場，其中沒有任何人是除穢師。

這符是誰刻的？

「後退一點，我來破咒。」既然出現了除穢咒術，那麼停屍房裡邊放著的女屍必然有問題。

夜諾讓慕婉退後，然後用手在閉纏咒上割了幾下，小心翼翼的弄壞幾個點，這個閉纏咒並不高明，很容易破解。

「好了。」破掉咒術，夜諾又仔細檢查一番，沒發現別的除穢咒後，這才輕輕推開門。

停屍房的門，發出一聲難聽的聲響，吱嘎著向兩側開啟，一股濃濃陰氣撲面而來，冷得人不住打寒顫。

「好可怕。」慕婉不是活人，她對戾氣更加敏感，本能的縮了縮脖子，躲到夜諾背後。

「別怕，這些屍氣傷不了你。」夜諾帶著她走進去，然後將門關上。

日光被厚重的門截斷，兩人陷入深深的黑暗中。

等眼睛適應了周圍的環境，慕婉猛然間驚呼一聲，小臉煞白：「棺，棺材！」

停屍房對面有好幾組冰櫃，平時用來放屍體的，可這些原本整齊排放的冰櫃被人刻意挪到角落中，留出來的位置放了一組棺材。

這口棺材讓人倒吸一口氣。

因為，它竟然是紅色的。

通體紅漆的棺材，在黑暗中非常詭異。厚厚的棺材蓋嚴嚴實實的蓋著，棺材上還留有一道道縱橫的黑色墨跡。

最怪的是，棺材蓋上竟然打入粗壯的棺材釘。

太不對勁兒了，如果從長江上打撈出來的女屍被裝在棺材裡的話，為什麼要釘棺材釘封死？這樣做如果家屬來認屍體了怎麼辦，難不成到時才要再將棺材釘撬開？

停屍房裡的一幕幕簡直不合常理。

「這具棺材是怎麼回事？」慕婉嚇得緊靠著夜諾。

夜諾沒吭聲，他走到棺材前，用手摸摸棺身。棺材上的油墨沾在手指上，夜諾聞了聞：「這是墨斗油。」

「啊。墨斗油塗在棺材上幹啥？」

「用來封住邪氣。」夜諾解釋：「古時候的魯班寫過一本書，叫做《魯班全書》，書裡就提及過，墨斗線是至陽之物，能夠辟邪封邪物。這裡邊其實是有科學道理的，總之道士和除穢師，都會用墨斗線彈棺材來鎮壓污穢。至於棺材為什麼是紅的……」夜諾冷笑了兩聲：「這家公司果然不簡單，不光不簡單，說不定你和其餘十二個女孩的死，都和這公司有關聯。」

慕婉瞪大眼：「怎麼會，阿諾，難道你發現什麼？」

「這棺材就是活生生的證據。」夜諾道：「只有含冤而死，死後陰魂不散的人才會被放入紅棺材，因為紅棺材能壓制它們體內那口不散的怨氣。可為什麼長江偃師要把那具女孩的屍體放入紅棺材裡，這具紅棺材明顯是幾天前才訂做的。明明官方和新聞都說，在嘉實遊輪上跳河的十三人通通都是自殺，但為什麼長江偃師卻很清楚你們的死並不是什麼自殺，而是含冤而死？」

慕婉恍然大悟，震驚道：「難不成這家公司背後有一雙看不到的手，那雙手就是殺死我們的人？」

「極有可能。」夜諾斬釘截鐵，這公司看起來很正常，其實隱藏極深，背後肯定有一個可怕的勢力躲著，在偷偷的策劃著某種恐怖的勾當。

慕婉以及其他十二個女孩的死，只是其中的第一步罷了。

「將棺材打開看看。」整個停屍房裡，沒有別的地方有屍體。如果幾天前公司真的打撈出一具女屍，必然就在紅色棺材中。

夜諾將棺材上上下下全都檢查一番，沒有發現機關。他站起身，在紅色棺材蓋子上輕輕一拍，這一拍手法很奇特，十八根棺材釘竟然在一拍之下全都飛出去，劈哩啪啦落了一地。

慕婉佩服得雙眼都是小星星，拍著小手：「我老公好厲害，好崇拜。」

「閉嘴。」夜諾瞪了她一眼。

慕婉一直縮在他身後，又害怕又好奇的探頭偷看那口詭異的棺材。

棺材蓋非常沉重，不過夜諾的體力早就遠超常人，將墨斗線劃掉後，他將蓋子緩慢的推開，棺材蓋的聲音很低沉，推起來阻力很大。

「居然是用陰沉木做的棺材，這些人好大的手筆。」夜諾撇撇嘴。

陰沉木是沉沒在長江水下至少幾千年的堅硬木材，每一棵打撈上來都價值不菲，畢竟能在水裡浸泡數千年的硬木，很多都在長江兩岸滅絕了。用整根陰沉木掏空雕刻成棺材，要說長江偃師公司沒有準備，那就太唬人了。

這塊陰沉木，不知道搜集了多久才買得到，可遇而不可求啊。

夜諾總覺得，自己和慕婉都陷入一個巨大的陰謀中。

他用力猛地一推，終於把棺材徹底推開。兩人湊過臉往裡邊一看，頓時又倒抽一口氣，背上的寒意一直竄到脖子根。

奶奶的，這具屍體比紅棺材更加怪，更加恐怖。

棺材裡躺著一個穿著白衣的女子，大約二十多歲，面容煞白，但是仍舊能看得出生前的美麗。女孩彷彿睡著了似的，垂著眼簾，合攏眼睛，嘴角微微翹起，彷彿在笑。

最可怕的是，女屍的身體，有毛，白色的毛。

「哇，她死前是不是沒有把身上的毛刮乾淨，肯定是從爸爸那裡遺傳了多毛症。」慕婉的腦迴路一言難盡。

夜諾氣道：「亞洲人哪裡會長這麼長的白毛。」

「不是嗎？明明她除了臉，一身都是毛啊。」慕婉指指女屍。

這具女屍最怪的地方，就是全身白毛，猶如長毛的毛豆腐般，看得人不寒而慄。

夜諾探手摸摸，女屍的肌肉僵硬，肌肉纖維彷彿一根根的鋼線，緊緊的繃著，它的指甲發黑，尖銳修長，在打開的手機電筒中，反射著冰冷的寒光。

女屍身上的白毛就像寒霜，帶著一股異樣的致命美感。

「討厭，不要一直看別人，不禮貌。」慕婉見夜諾一眨不眨的盯著女屍，莫名吃醋，她也伸出手，拽了屍體的白毛一把：「挺結實的，扯不下來。看來不是發霉了，這毛確實是從肉裡邊長出來的。」慕婉如此評價道。

夜諾眉頭皺得更緊：「這具女屍可能發生了屍變，而且正在朝著白毛屍的方向發展。」

「白毛屍？」慕婉疑惑道：「那是什麼？」

「傳說中人死前有一口怨氣不散，哪怕靈魂散去，身體也會變成會動的行屍。」夜諾在博物館中看過相關典籍：「最低級的就是行屍，只會條件發射的亂走動，一個身強力壯的人都能殺了它。但是一旦行屍開始長白毛，就是開始朝著殭屍轉化，這具白毛屍，應該就快要變成殭屍了。」

根據典籍，據說世上的殭屍分為白殭、綠殭、毛殭、飛殭、遊殭、伏殭和不化骨。不化骨是最高級的殭屍，而人間最後一次出現不化骨，要追溯到上古時期的旱魃，旱魃有多可怕，只有隻字片語流傳於後世。

聽說它走過的地方，天氣就會被它強大的能量影響，造成連年大旱，所過之處天崩地裂，屍毒化為瘟疫，變成人間慘劇，它的災害等級，絕對是龍級的。最終某一代博物館管理員，會同無數S級除穢師一起出手，才將旱魃封印在某個地方。對，它太強大了，強大到就算是博物館管理員，也沒能將其殺掉。

而眼前的女屍，就要轉化為殭屍了，哪怕是最低級的殭屍，也足夠重城吃一壺的。夜諾對付殭屍，心裡也沒把握，白毛殭的實力大約相當於D級除穢師，可真正的戰鬥卻不能這麼算。

面對D級除穢師，夜諾不一定會敗，甚至還有很大的機率噁心死對方，可殭屍不講道理，它們不會除穢術，也沒有戾氣，純粹就是靠體力和屍毒。這玩意兒不帶腦子，對夜諾這個靠腦子的人而言，是最頭痛的穢物。

「你去找東西先把屍體燒了，免得它真的屍變。」夜諾瞇了瞇眼睛。這具屍體的白毛已經很長了，最多一個晚上肯定成殭屍，還是先燒掉好。

「那你呢？」慕婉問。

「我先檢查檢查它，看有沒有可疑的地方。人的屍體不可能莫名其妙的就會這麼快變成殭屍，離你們被害也才不到一個月。屍體就算是在養屍地中，要變成白毛殭，也需要吞吐月光十年光陰。」

夜諾很疑惑。這具女屍長毛的速度幾乎是一天一公分，難不成有人在用某種穢術刻意養殭屍？

可他並沒有發現女屍身上有除穢術存在的痕跡。

「不要，我不要自己走。萬一你趁我不注意，對這具屍體做什麼羞羞的事情呢。」慕婉叉手抱胸，昂著腦袋傲嬌。

「臥槽。」夜諾險些爆粗口：「你還能再笨一點嗎，我對屍體有什麼好做的，它只是一具屍體而已。」

「可人家生前還是美女一枚，雖然沒我漂亮。」慕婉揉了揉長髮，臉上有些困擾：「咦，這張臉，我好像依稀記得。」

「你認識她？」夜諾問。

「嗯，不記得了。」慕婉抱著腦袋，關於自己的死亡，她的記憶缺失得很嚴重，而且越是努力想，越痛苦：「但是她生前，我們或許在船上還交了朋友，所以我對她有印象。」

夜諾眼中精光一閃，很顯然，慕婉在死之前，肯定被下了某種詛咒，那詛咒極為惡毒，就連那時候逃離的殘魂也被詛咒了。

「她應該叫古安容，二十一歲，在重城上大學，她的祖籍是安徽。古安容生在安徽一個非常小的村子裡，讀大學前才第一次出她所在的縣城。」夜諾調查過所有跳江自殺的女孩。

眼前的屍體，和那位叫古安容的女孩對得上號。

「這也是我最疑惑的地方，你們到底是怎麼死的，死之前發生過什麼，為什麼十三個陰年陰月陰日出生的少女，會彙集在同一艘船上，在同一時間被人偽造成自殺後殺害？這中間的陰謀，非常明顯。」

夜諾看著這具女屍姣好的面容，臉上沒有化妝的痕跡，因為古安容的家庭並不富裕，光是供她上大學就已經榨乾了整個家庭的所有積蓄。

而古安容每年的生活費，都要靠她暑假和寒假努力勤工儉學才行，一不小心就會餓肚子。這麼樸素的女孩，怎麼可能在大半個月前登上嘉實遊輪這種豪華長江旅遊船？這嚴重和古安容的收入不符。

嘉實遊輪五天四夜的船票，最低價也超過一萬，足夠古安容兩年的生活費了。她肯定沒有一萬塊，那她是怎麼上船去的？

十三個人中類似處境的還有好幾個。無一例外，她們全都上了同一艘船，同一時間死亡後，身體捲入長江水中，足足快一個月了，都沒有搜尋到。

殺死女孩們的背後黑手到底想要幹嘛？單純的養殭屍？夜諾不認為有這麼簡

單。

他一邊思索，一邊將女屍從頭到尾檢查了一遍。就在他的手摸到女屍的腳踝時，突然，他發出咦的一聲。

夜諾摸到一根鏈子，這條鏈子壓在屍體下方，深深的勒入皮肉裡隱藏著，他用力一拉，鏈子就被拉出來。

這竟然是一條小拇指粗細的銅鏈子，鏈子上布滿了鐵鏽，那是被江水腐蝕出來的痕跡。這銅鏈子上還刻著許多古怪的銘文，由於文字太古老了，而且磨損嚴重，夜諾只認出其中的幾個字。

封、江、王、令？

四個字聯繫在一起，無法讀通。

夜諾繼續拉扯銅鏈子，沒多久，只聽一陣清脆的響聲，接著一道燦爛的黃光閃過，「劈啪」一聲，有個金燦燦的物件掉出來。

這是一塊沉重的狗頭金。狗頭金上雕著許多怪異的符號，通體如同令牌，黃金令牌上赫然刻著一行由甲骨文演化而成的文字。

「長江十三令？」夜諾愣了愣。

啥意思？

這令牌模樣的東西有些年代了，至少是幾千年前鑄造出來的，這十三令中的數量十三，和嘉實遊輪上死掉的十三個少女驚人的一致。

為什麼這具女屍上被人套上了這個物件？很顯然，少女在生前就被套上了令牌，自始至終這令牌都在少女的腳踝上。

難不成，套上這令牌，然後殺死那些陰曆出生的少女們，才是那夥人的主要目的？可他們這麼做究竟在圖謀什麼？

夜諾仔細端詳著這枚令牌，他沒有注意到，自從令牌出現後，慕婉就在不停的發抖，表現得非常害怕，一直恐懼到靈魂深處。

「阿諾，我，我怕，我好怕這令牌。」慕婉氣若游絲，聲音極低。

夜諾一轉頭，頓時大驚。不知何時，慕婉臉色煞白，已經沒了血色，不光如此，她被保存在百變軟泥中的殘魂正在以驚人速度衰弱。

那令牌正在吸收慕婉的魂力，甚至在壓制她的精氣神。

夜諾連忙在慕婉身上施展結界術，將她整個人罩起來，慕婉這才好受了一些，長長的鬆口氣。

「阿諾，謝謝。咦，你在擔心我嗎，呼吸的聲音那麼沉重？」慕婉臉色還是有些發白，她勉強的一笑後，俏皮的說。

「我的呼吸哪裡沉重了？」夜諾撇撇嘴，接著，他背上就冒出一層冷汗。

不，不對。停屍房裡確實有呼吸聲，那呼吸聲確實很沉重，絕對不是人類能夠發出的聲音，那聲音來自於紅棺材中。

「奶奶的，不好！」夜諾駭然轉身，只見棺材裡剛剛還安穩睡著了似的古安容的屍體，猛然間已經睜開了雙眼。

一抹猩紅的詭異在瞳孔中散開。

女屍雙手一抬，雙臂舉高，整個身體都彈起來，朝夜諾的脖子刺過去。

臥槽，真的屍變了！

08 白毛屍

「小心！」慕婉尖叫一聲。

夜諾哪裡聽不到那刺耳的破空聲，白毛屍速度很快，但是他更快，手一揚，百變軟泥從袖口滑出，瞬間變成一把利劍。

鐺鐺鐺。

接連揮動三次，每一次都刺在白毛屍的手腕上，白毛屍被擊中，微微後退，但是它沒有任何痛覺，一頓之後，再次攻擊過來。

夜諾右手抓劍，左手捏個訣，在劍上一抹。

劍身白光閃過，變得更加鋒利冰冷，白毛殭撲上來，漆黑雙爪上指甲彷彿十根尖刺，一不注意就會被刺破喉嚨。甦醒的女屍極為嗜血，它的喉嚨在蠕動，想要把夜諾生生撕碎，茹毛飲血。

夜諾的劍在它身上留下白白的印痕，可這具白毛屍的毛髮堅韌，皮肉也如同鋼鐵似的，無論怎麼攻擊都沒辦法弄破。

攻得再猛，仍舊攻不破白毛屍直來直去的手爪，白毛屍的血肉彷彿銅牆鐵壁金鐘罩，沒有死角。

它噴出一口烏黑屍氣，腐臭的味道令夜諾直想吐。

陰冷的停屍房，絕色艷屍帶給人的只有冷透心腑的恐怖，屍氣在這封閉的空間蔓延，四周越發冰寒刺骨。

那無邊的涼意，彷彿是從女屍腳下的令牌散發出來的。

攻擊沒多久，夜諾就無奈起來，任他懂得上萬個除穢術，但對付物理攻擊強的殭屍，還是有些無力。降服殭屍除非你比它的力氣大，能夠破它的防，不然就只能借助朱砂、黑狗血和墨斗油等至陽之物，來中和它的陰氣。

夜諾急著面試，這些都沒來得及帶在身上，而他沒有系統的練習過功夫，只會些三腳貓的防身術。

慕婉看得急死了：「阿諾，劍不是這麼用的。」

她倒是被夢阿姨系統的培訓過，可惜自己也沒有武器，只能在一旁乾著急。

白毛殭只有D級除穢師的實力，但是一般D級的除穢師，如果沒有準備周全，一個人也搞不定。這就是殭屍沒有道理的地方，肉體和物理的攻擊，許多時候比單純的除穢術更加直接可怕。

一力降十會，說的就是這個道理。

夜諾被白毛殭弄得險象環生，他臉色很不好看，新學會的破穢術，可破不了殭屍的物理攻擊，真是麻煩死了，他一邊想破解的辦法，一邊向後退了幾步。

突然，慕婉又驚呼一聲：「小心。」

只見白毛殭猛地雙腳僵硬的一蹦，之後整個身體都高高的飄起來。它顯然有初級的智慧，嗜血的同時還有些狡猾，嘴裡再次噴出一口屍氣，那口屍氣烏黑污穢，熏得夜諾險些睜不開眼。

白毛殭那雙手刺入天花板，那水泥澆灌的天花板就像是一塊豆腐，被白毛殭挖了一大塊出來，劈頭蓋臉的朝夜諾頭上砸過去。

夜諾眯著眼看不太真切，屍氣和不斷飄落的灰塵蒙著眼，他很難看到距離自己的腦袋越來越近的重達幾百斤的致命水泥。

慕婉再也顧不得那道黃金令牌的壓制，她見夜諾有危險，條件反射的撲上去。她的身法縹緲，速度極快，一個劈頭砍，右手化作手刀，竟然硬生生將沉重的白毛殭給震退。

另一隻手朝上一撈，白毛殭手中的幾百斤重的天花板碎塊就被慕婉搶到手。

慕婉有些懵，怎麼自己的力氣變得那麼大？

夜諾也有些懵，咋慕婉這丫頭變鬼後竟然那麼凶了，這不科學……呃，不，這很科學的，他一轉頭就想明白。

慕婉的臨時身體是由百變軟泥構成的，百變軟泥這東西雖然在博物館中的遺物排行上墊底，但是架不住他用料多，而且怎麼說也是博物館出品，用暗物質製作的，百變軟泥可硬可軟，變化多端，只要瞭解分子結構就能排列出萬物形態。

現在的慕婉，整個一人形兵器，惹不起，惹不起。

「慕婉，你在腦子裡想像，試著將自己的身體改變形態。」夜諾眼睛一亮，他準備好好的調教一下這丫頭。

只要調教好了，這不就是一個現成的打不死的保鏢兼寵物嗎？

「噢噢噢。」慕婉從震驚中回過神，估計也是想起了現在這具身體的特殊性。她真的很有天賦，微微一思索後，就掌握了百變軟泥的用法。

分子結構，金屬，錘子！

慕婉一閉眼，一睜開，絕麗烏黑的眸子閃過一絲光，右手瞬間化為一柄漆黑沉重的錘子，威風凜凜的朝白毛殭捶過去。

白毛殭只有戰鬥本能，沒有痛覺也沒有恐懼，迎著暴力美少女的錘子跳過來。

「哼，叫你欺負我老公。」慕婉一錘子就朝白毛殭的腦袋砸。

鐺！

金屬交鳴，白毛殭的腦袋險些被搥入肚子中。它用力的擺擺頭，顯得有些暈。

「哼，叫你嚇唬我。」慕婉再一錘子過去，白毛殭屍直接被她給搥飛出去，身體狠狠的撞擊在對面的牆壁上，露出一個人形痕跡。

「哼，死都不好好死，做具屍體也不規規矩矩的，知道禮貌是什麼嗎？嘴那麼臭還亂跑出來嚇唬人。」慕婉揮舞著錘子，打地鼠似的不亦樂乎。

鐺鐺鐺的金屬碰撞聲不絕於耳，剛剛還將夜諾逼得極為狼狽的殭屍，現在已經被折磨得不成人樣。

果然是一物降一物，不服都不行。

夜諾捂住臉，不想承認自己認識眼前這個暴力蘿莉。

要說白毛殭也是很經打，慕婉用錘子把它腦袋都打凹進去了，它還一個勁兒的咧著嘴，露出兩根細長尖銳的可怕犬牙。

慕婉對準下巴一搥，白毛殭終於沒有再動彈，眼看是歇菜了。

喂喂，剛剛你明明說她生前還是你朋友的，對朋友這麼禮貌，你爸教你的教養呢？

夜諾暗地裡吐槽。

「它死了？」慕婉有些摸不準，但是白毛殭腦袋扁了，也沒動彈。

「殭屍有什麼死不死的。」夜諾剛想走上前，那具白毛殭再次睜開眼。本來砸扁的額頭竟然凸出來，恢復成原樣。

它手一抬，一跳，就站起來。眼眸中猩紅的光更加邪異，屍氣縱橫，帶著刺骨的涼，白毛殭一個閃身，就直取慕婉的喉嚨。

「哇，好可怕。」暴力蘿莉一邊嚇得尖叫，一邊揮舞錘子將它砸開。

夜諾瞇瞇眼睛，剛剛的白毛殭本來已經被慕婉砸得屍氣散去了，怎麼會突然就恢復過來，這不符合常理啊。

難不成是腳上那令牌的原因？

果不其然，之後慕婉無論如何將白毛殭砸暈，它都能瞬間恢復過來，而且每一次恢復都變得越發凶戾，很快慕婉就香汗淋漓，眼神很無助。

她有些搞不定了。

「砸腳，弄斷它的腿。」夜諾退後兩步，手中的劍朝白毛殭眼珠子刺過去。

慕婉不愧是青梅竹馬，和夜諾配合得很好，在夜諾出劍的瞬間，她手中錘子已經變了方向。

鐺！

夜諾劍尖刺中了白毛殭的眼珠，同樣堅硬，刺不進去。

鐺鐺鐺！

慕婉的錘子狠狠砸在殭屍有令牌的那隻腿上，腿頓時被捶彎了，血肉橫飛。白毛殭怒吼一聲，十根漆黑的指甲，利刺一般襲擊向慕婉的脖子，想要將她的喉嚨刺個對穿。

她冷哼一聲，手中錘子頓時一轉，將白毛殭的手打開，她把那柄黑色鐵錘掄得密不透風，畫了個圈後，蓄力再次一錘砸下去。

又是一陣金屬交鳴，聽得夜諾牙酸。

白毛殭的腿終於瘸了，裡邊湧動著屍毒的黑色血管露出來。

「刀！」慕婉將錘子化為一柄寒光凜冽的厚背刀，用力一砍，手起刀落，白毛殭那整根右腿都高高飛起。

殭屍尖銳的吼叫著，張大嘴巴，犬牙交錯，看得人不寒而慄。但這卻是它最後的吼聲，捆著黃金令牌的腿被砍斷後，白毛殭終於將心口那一點不散的戾氣吐出，臉上的白毛開始軟化，慘白皮膚下那如同蜘蛛網的黑色血管逐漸淡化。

最終往後一倒，徹底化為了一具屍體，一具正常的少女屍體。

這具女屍被浸泡在水中大半個月，沒了令牌後，原本嬌美的臉龐以極快的速度腐爛變質，身材也臃腫起來，那是體內的微生物在不斷膨大氧化，顯得極為恐怖。

慕婉輕輕用刀尖碰碰屍體，整具屍體都變成油質物，一碰就融化了。

「好噁心。」少女聞著空氣裡的惡臭，甩甩腦袋。

夜諾則小心翼翼的蹲下身，將令牌拿起來，令牌的一端有一條細細的青銅鎖鏈，鎖鏈的另一邊還捆著古安容的腳踝。

他用刀將腳踝割開，驚訝的發現，青銅鎖鏈竟然和腳骨融合在一起，非常詭異。

「果然是這塊令牌在作怪。」夜諾好不容易才將完整的令牌和腳骨分離開，找東西裝起來。

慕婉不知想到什麼，小臉煞白：「阿諾，你說我的身體會不會也變得這麼怪異？」

「不清楚。」夜諾沒多說。

他哪有什麼不清楚，其實他和慕婉都清楚得很。既然十三個跳江的女孩之一的古安容已經發生了異變，那麼其他十二個女孩到底如何，用膝蓋想都明白不容樂觀。

難怪前去撈屍的打撈人有去無回。

他們怎麼回得來？那些女孩的屍體已經入煞，去一個死一個。

夜諾對明天的搶救任務，不由得更覺得迷霧重重。入煞變成白毛殭屍的古安容，能被老顧撈回來，想來老顧也不像是表面那麼簡單，肯定有些手段。

這家公司到底在慕婉之死背後扮演什麼角色？明天的搶救行動，真的只是去搶救失蹤的潛水夫嗎？

夜諾臉色不好看，他感到自己陷入的陰謀，就如長江上的晨霧似的，看不清看不透，一不小心，就會死無全屍。

該好好準備一下了。

夜諾帶著慕婉離開了停屍房，他們沒有注意到停屍房一個隱蔽的角落中，閃爍著一盞極為低微的紅燈，不仔細看，根本看不到。

那赫然是個監控攝像頭，一明一暗，呼吸似的，將慕婉和夜諾在停屍房中的一舉一動，全都拍攝下來。

等夜諾兩人離開後，監控器的燈，這才徹底滅掉。

門外，守門人還沒回來，兩人走出公司，看時間還早，就到大街上溜達了一圈。

由於偃師是一家打撈公司，位置就在長江邊上，所以這裡離市中心很近。

重城很大，畢竟有三千多萬人口，街面上老舊的建築，許多還保留著民國時期的風貌，處處高樓非常魔幻，明明剛剛在一樓，但是坐了電梯上了二十層後，一開門，還是在一樓，甚至許多公車站，都設立在二十樓以上。

慕婉樂呵呵的拽著夜諾，一路上大驚小叫：「阿諾，你看那個，這個，那個還有那個，好神奇啊。哇，還有輕軌從那棟樓裡穿過去。」

她小孩子似的看什麼都新奇，把馬路邊上的小攤全都吃了一遍。慕婉沒有味覺，純粹只是因為在夜諾身邊，就連最難吃的食物，也變得津津有味。

走著走著，就走到崖洪洞附近。

突然，夜諾聳了聳鼻子：「好臭。」

「你是說這串臭豆腐？」慕婉手裡拿著一大串小吃，其中就有臭豆腐。

夜諾搖搖頭：「那股死魚死蝦的味道，又出現了。」

他警覺的朝四處張望，周圍人潮如織，無數來自各國的遊客來來往往，根本找不到惡臭味的來源。

但那股子臭味就彷彿飄在鼻子附近，根本沒辦法掩蓋。夜諾聞得心底發寒，明明烈日就在頭頂，可站在這廣場他猶如浸泡在長江水中，無數死掉的腐爛魚蝦漂在他身旁般，拔涼拔涼的。

這臭味，到底是什麼東西，為什麼陰魂不散的一路追著他們，一直來到重城？

慕婉有些擔心：「可我什麼都聞不到。」

「很正常，你沒有嗅覺。」

「嗚嗚，但如果真的有臭味的話，為什麼附近的人沒有捂住鼻子，反而只有阿諾你一個人能聞到？」慕婉直指要害。

夜諾恍惚了一下，確實如此，如此強烈的臭味，卻彷彿只有他一個人聞到似的，附近那麼多人沒一個察覺到的。

難不成自己的鼻子有問題？

就在這時，不遠處一個大嬸突然朝身旁的巷子外停下腳步，她似乎在看什麼，之後尖叫起來。

那刺耳的叫聲聽得人心慌。

「死人了，啊，有死人！」大嬸的叫聲，迅速引來路人的注意力。

夜諾和慕婉對視一眼，他說道：「走，過去看看。」

不知何時，死魚死蝦的臭味，竟然莫名其妙消失得乾乾淨淨，兩人小跑著來到巷子口，附近已經裡裡外外圍了一大群人。

人這種生物天性就喜歡湊熱鬧。許多人對著小巷子指指點點，夜諾和慕婉力氣大，不動聲色的擠進去，很快就來到最前排。

重城的樓高低起伏，小巷子就顯得極為幽深黑暗，這條小巷位於兩棟樓的夾縫處，終日不見陽光，非常陰森可怖，污水橫流。

就在巷子裡不足兩公尺的地方，躺著一個人，男人，他背部朝天倒在地上，沒有絲毫動靜。

夜諾連忙走上前，用手摸摸他的脈搏。

一摸之下，他就吃了一驚，這人不光沒有脈搏，就連血管都是蔫的，慘白的皮膚下，血管中竟然沒有一絲血。

他翻了翻這個中年男性的脖子，男子身體餘溫尚存，顯然死了沒多久，最多就幾分鐘而已。最怪的是，男子脖子右側，有兩個黑乎乎的血洞。

烏黑的血洞很深，他身體裡的血液，就是從這兩個洞中被抽走的。

光天化日之下，幾分鐘之前，一個男人竟然在鬧市區被人在殺死前痛苦的抽走了全身血液，一滴都沒剩，這情況實在是不太對勁兒。

「啊，我認識他。他不是住在後條街的王老拐嗎，這娃子整天遊手好閒的，街坊鄰居早就敢怒不敢言了，死得好啊。」不遠處，一個中年人幸災樂禍。

「快報警，快報警。」遊客們見真的死人了，連忙打電話報警。

「走吧。」夜諾用隱晦的手段，迅速在手心裡畫了一道咒，然後印在死屍額頭上，之後才拉著慕婉走出人群，走了夠遠後，他壓低聲音，小聲說：「你怎麼看？」

慕婉眼中有驚詫：「那人脖子上的洞，看起來有些眼熟。」

「當然眼熟，我們中午去停屍房找到的古安容屍體，她屍變後的螯牙，就跟那個血洞高度吻合。」

「啊！」慕婉張大了嘴巴：「你是說那個男人被殭屍給咬了。」

「極有可能。」夜諾點頭。

「可古安容的屍體，不是被咱們給砸壞了嗎？」

「或許是有別的打撈公司，也打撈上來了其中一個女孩的屍體，那女孩屍變後逃出來。」夜諾猜道：「當然，也有可能是別的緣由，畢竟最近的長江邪乎得很，重城就在長江邊上，誰知道這個城市還會發生什麼事。」

慕婉有些怕，緊緊的將自己凹凸有致的身體貼著夜諾：「別說了，怪可怕的。對了，假如那個男人真的是被殭屍咬死的，他會不會屍變？」

「暫時不會，我在屍體的額頭上印了一道驅邪咒，把他體內的屍氣給打散了，也阻斷了他的屍毒腐蝕身體的路線。」

夜諾沒再多說，其實他還看到幾處更可怕的東西，那個男子死掉的位置，兩側牆壁上殘留著許多劃痕，劃痕很深，如同利刃割出來的，生生將水泥都割破了。

可是，沒有任何利刃，能夠刮出類似的痕跡來。

除非是人類的指甲。

就算是白毛屍，也不可能單純用指甲，就將高樓的鋼筋水泥都如同豆腐似的割開，最主要的是，在那個小巷中還殘留著一股味道。

腐爛的死魚死蝦的味道，和一直追著夜諾和慕婉的那股子臭味一模一樣。也就是說夜諾的鼻子沒有問題，那股味道是客觀存在的。就在剛剛，不到十分鐘前，那隻襲擊中年人、喝光他血的穢物就躲在這條巷子中，用恐怖的雙眼盯著夜諾兩人看。

夜諾從腳底猛地竄起一股涼意，追著他們的那穢物，自己現在絕對對付不了。

那到底是啥東西！

是什麼盯上了他們？

夜諾疑慮重重，但是線索實在是太少了，他沒有答案，只是帶著慕婉去附近的旅店住了一晚上，那一晚還好沒有波折。

天還沒有亮，四點光景就到了救援隊集合的時間，兩人起了個大早，緊趕慢趕趕過去。

公司租用的碼頭上，五個救援隊成員已經來齊了。

全身黝黑，五十多歲的老顧，夜諾昨天看到過，這個人叫顧景明，舉手投足很有長輩的風範，在打撈員中威望極高。

其他兩個人都還算年輕。

華超三十多歲，據說從十六歲開始就在長江水中撈食，什麼賺錢幹什麼，二十多歲的時候聽說幹撈屍人可賺錢了，所以就屁顛顛的跑去應聘，這一幹就是十來年。

最後一個人叫蝦哥，原名不詳。這人弓腰駝背，很像江水裡的河蝦，下巴一撮山羊鬍子，看起來有些猥褻。

蝦哥在打撈公司也幹了九年以上，因為綽號流傳太廣，反而所有人都忘了他的真名。

老顧一看到夜諾和慕婉，就熱情的打招呼：「小兄弟，你們來得正好，去選裝備吧，有什麼不懂的就告訴我，我手把手教你們。」

夜諾點點頭，到裝備室中拿了潛水用具，還好他昨晚詳細的查過資料，又看了許多視頻，通通記在腦子裡。所以選擇裝備的時候沒有出錯，暫也沒引起別人懷疑。

慕婉的裝備他一併拿了，潛水夫中很少有像她這麼矮小的，所以潛水服只能勉強找了一件一百六十公分左右，到時候用橡膠繩捆住手腳領口，也就將就湊合用了。

四點十三分，打撈公司的總經理鄧浩還沒有來。

「鄧總是不是萎了，不敢來？」蝦哥打笑道，他笑起來的模樣，確實像一隻蝦，尖嘴猴腮令人生不起好感。

「不好說。」華超默默的整理著自己的潛水服。

老顧檢查完潛水服後，抬頭：「碼頭上也沒有船，真不知道咋回事。」

話音剛落，就聽到碼頭外邊響起幾聲滴滴滴的汽笛轟鳴，之後一艘刷成黑色的船，緩緩的亮燈，行駛過來。

一看到那艘船，還有船頭得意的鄧浩，老顧，蝦哥和華超全都驚訝得合不攏嘴。

好傢伙，這艘船，可不簡單！

這是一艘錦一級的捕撈船，船長十二公尺，寬四公尺多，比長江偃師打撈公司通常作業用的快艇等雄偉多了，在長江中，這艘船絕對是一艘龐然大物。

船的吊臂哪怕收縮起來，也彷彿一根長長的手，探到船頭前方，結實的金屬船身在探照燈中，閃爍著沉穩厚重的質感。

正面刷著「長北新」幾個斗大的字。

長北新，應該就是這艘船的名字，不過怪的是，明明是黑色的船，這三個字卻沒有刷成白色，反而用更黑的顏色將名字刷上去。

看得夜諾心裡不踏實。

「這麼大的船，在長江上簡直是無敵的存在，我們以前用的小艇弱爆了。」華超激動道。

蝦哥對著船頭的總經理大聲叫：「鄧總經理，你神人啊。這麼短時間從哪裡借來的大船，我實在是太佩服你了，用這船出海，天王老子也不怕啊。」

鄧浩嘿嘿兩聲沒開腔，他指揮兩個船員將船停穩在碼頭上，招呼五個打撈員上船。

夜諾帶著慕婉，跟在老顧背後上了船，這艘船浮在水面兩公尺多高，能將江面的景色一覽無餘。

快要凌晨五點了，遠山模模糊糊的出現了一道輪廓，再過不久太陽便會升起。

鄧浩見所有人都準備妥當後，命令道：「出發吧，祝我們的營救任務順利。」

「等等。」老顧阻攔道：「按照慣例，我們每次出船都要祭拜金沙大王。」

「那你快一點。」鄧浩雖然有點不耐煩，但他知道老水鬼們都有自己的信仰和習慣。

老顧從包裡掏出一個不大的香爐，抓了幾把糯米到香爐中，然後點燃幾根香插上去。紅色的香，黑色的煙，在暮色中飄忽忽的上升。

沒上升多遠，香竟然就滅了。

老顧的臉色大變。

慕婉輕輕扯了扯夜諾的袖子：「阿諾，他在幹什麼？」

「他在祭拜長江上特有的神，金沙大王。」夜諾解釋道。

「金沙大王？」慕婉愣了愣：「什麼東西？」

「傳說中的金沙大王，在長江流域有好幾個版本，流傳最廣的是上古時代，長江氾濫，民不聊生，哪怕大禹治水，也沒徹底解決水患，往往是治理了這一處，另外一處就又會決堤，淹沒沿岸的村莊和農田。農田被淹沒，村民被餓死無數，導致了瘟疫的蔓延，就在大禹快要束手無策時，也不知上天是否聽到他的感召，猛然從天上落下來一個巨人。那巨人真的巨大無比。據說有一百多公尺高，手掌就像山峰那麼大，巨人倒入長江，最終鎮在滾滾長江下的泥沙之中，長江水患至此神奇的不再反覆鬧災。後來長江沿岸的先民為了祭拜這位巨人，將其稱為金沙大王。至今關於金沙大王的寺廟還有很多座，散布在長江兩邊，而出船祭拜金沙大王，幾乎有上千年的傳統，變成一種約定俗成。」

慕婉指指老顧的香爐：「可他香爐裡的香都斷了，這是不是什麼不好的預兆？」

「是大凶之兆。」沒想到老顧的耳朵那麼靈光，遠遠的聽到慕婉的話，沒等夜諾開口，就接嘴道。

「啊，大凶。那我們還出不出船？」慕婉張大了嘴巴，她倒是不怕啥，就怕夜諾有危險。

老顧臉色猶豫，他顯然不想去了，還是命要緊些，說實話當了幾十年水鬼，他從來沒有遇到過香爐裡的香直接斷掉的情況。

這徵兆，怎麼想怎麼詭異。

他身旁的兩個打撈員面色也難看起來，他們看著香莫名其妙的折斷，心裡打退堂鼓，長年撈屍體，哪有人不迷信的！

鄧浩見事不好，毫不猶豫的一揮手，吩咐兩個船員：「開船，快！」

「你這事做得有些不地道。」華超見船快速離開了碼頭，怒道。

鄧浩冷哼一聲：「今天出船的預付款老子都打你們戶頭裡了，怎麼，還想反悔？行啊，你把錢退給我，把職給辭了，自己跳船游回去。」

包括夜諾，今天一大早確實收到鄧浩打來的五萬塊錢打撈預付，錢在兜裡，要讓打撈員再掏出去，那心痛的感覺可非同一般。

蝦哥和華超臉色陰晴不定。

「媽的，幹。」蝦哥一咬牙，走到甲板邊緣，盯著長江水看。

老顧嘆口氣，他知道今天是出船也要出，不出船也得出，這位老水鬼憂心忡忡的看著香爐裡折斷的香。

香只燒幾秒鐘就斷了火信，這何止不祥，恐怕這次出船凶多吉少，就連金沙大王都不敢保佑他們。

失蹤的那幾十個潛水夫到底遇到什麼可怕的東西？難不成，比自己打撈到的那具女屍更加詭異不成？

滾滾長江向東流，流水滔滔，水花碎裂。

長北新捕撈船破開水浪，以二十碼的速度疾馳。

他們哪裡清楚，行駛的方向並不是希望，而是地獄。

09 金沙大王

吹著河風，慕婉的身材也就比欄杆高一些罷了，她的及腰長髮在風中亂舞，像是一群黑色的小精靈。

長北新捕撈船已經駛入主航道，天氣逐漸亮起來，通透的陽光從遠山後邊照耀著兩岸。

主航道的水道不算太寬，只有一公里罷了，站在船頭就能看到對岸。

今天的江水還算平靜。

夜諾和慕婉肩並肩，她少有的沉默著，看著江水翻起的浪花，神情有些憂鬱。她也想將自己的屍體找到，因為夜諾說，只要找到自己的身體，他就有辦法延長自己神魂留在人間的時間。

死不死的已經無所謂了，她只想多陪陪夜諾，哪怕多陪一天也是好的。她就是這麼單純的人，快樂也很純粹，只要在他身旁，她就是快樂的。

「想什麼呢？」夜諾正在腦子裡努力理清最近的線索，見慕婉發呆，隨口問了一句。

「都快到夏天了哦，阿諾。」她仰起頭，露出甜甜的笑。

哪怕身體只是一隻蘿莉，可夜諾還是被她美得恍惚了一下，這個打小就篤定會成為自己媳婦的少女，現在內心必然是苦悶的，因為她從來沒有想過，會如此突然的死掉，她的人生規劃中，從來就沒有想到過會發生這種事。

「阿諾，我在想去年夏天。去年夏天我在哪兒了？啊，那時候總是傍晚起床，吹著晚風從泰晤士河邊走到倫敦的鬧市區。我讀的學校你從來就沒去看過，我一直都在想，哪天拉你去看看。我們學校附近有一座人工湖，湖裡好多好多肥嘟嘟的胖天鵝，你看到肯定會想偷一隻，用砂鍋做一道酸菜老鴨湯。」

慕婉柔弱的身體，輕輕挨著夜諾，她軟軟的，沒有溫度。

「想完了夏天，我又想到去年冬天，我在哪兒了？啊，去年我交換到一所個面朝大海的大學，在德國。每到傍晚，我就總是迎著大風，獨自在海邊散步，德國那個大農村超級無聊的，沒有阿諾你，無論身旁有多少人，我都總是無聊又寂寞。更早的我在哪兒呢？以後的我會在哪兒呢……哦，我已經死了，或許也沒有以後了。哪怕像是現在這樣跟你肩並肩站在一起，都彷彿是奇蹟一般。」

慕婉帶著笑，一直在竊竊的笑著，她探出手，小心翼翼的勾住夜諾的小拇指，見夜諾沒有嫌棄甩開，然後開開心心的用力握住。

小小的手牽著大大的手。

慕婉笑著站在船頭，身後是打撈員的低聲細語。她的悲傷沉沒在心底，她的沉默從來都不會在夜諾面前顯露，她面上沒有一絲哭相，只是獨自撐著堅強。

夜諾心裡發痛，憋慌得難受。

「想要哭的話……」夜諾輕輕拍拍自己的肩膀，這是鋼鐵直男能做到的最大溫柔。

慕婉太矮了，搆不著他的肩膀，她的小腦袋輕輕的倚靠在他的胳膊，迎著風，彷彿這一刻就是永恆，這一刻，歲月靜好。

「阿諾，我才不想哭呢。我現在幸福死了，你從來就沒有對我這麼溫柔過。」她安安靜靜，感受著夜諾身體的溫度。那溫度是現在的她沒有的，足以將她的悲傷融化。

活著，真好，自己怎麼偏偏就死掉了。

不甘心，好不甘心，好想繼續活著啊！

夜諾這個鋼鐵直男，能夠做的不多。他不善言表，話平時其實也不多，只能木訥的揉了揉慕婉的小腦袋。

就在這時，老顧賊呵呵的溜了過來。

他見眼前自稱兄妹倆的夜諾和慕婉手牽手站著，不動聲色的咳嗽了一下：「夜兄弟，慕小妹妹，你們在看風景？」

「對啊，今天的風景挺好的。」夜諾不著痕跡的將慕婉鬆開。

慕婉調皮的說：「老顧，你的臉色不太好，眉心發黑哦。」

夜諾直點頭，老顧自從點了香祭拜了金沙大王後，一直神色不對勁兒，他的額頭上，確實有一股淡淡的煞氣，這煞氣普通人看不到，但是慕婉已經死了，只剩下一點殘魂，反而能看到人類看不到的東西。

老顧在心裡呸了一聲，這對姓都不在一起的兄妹，光天化日下卿卿我我，簡直有傷風化，而且說話也不好聽。怎麼一開口就詛咒起我來了。

「可能是昨天沒睡好。」他乾笑著，瞇著眼，遞上兩條金鏈：「來，一人一條，戴上保險些。」

「金鏈子，送給我的啊？哇，這款式好老。」慕婉嫌棄的說：「而且好臭啊，一股子汗臭味。」

老顧鬱悶死了：「這可不是送你的，我都能當你爺爺了，哪能送你金鏈子。」

「不是送我的，那讓我們戴著幹嘛？」慕婉疑惑道。

夜諾笑起來：「戴上吧，古時候人類一直都將黃金當作辟邪的物件。因為金子千年萬年都不會改變性狀，永遠都金燦燦的，老顧應該是讓我們戴上保平安。」

「夜兄弟，還是你門兒清。」老顧樂呵呵的對夜諾比大拇指。

既然夜諾都這麼說了，慕婉只好嫌棄的用兩根手指將其中一根大金鏈子提起來：「我說老顧。」

這小妮子大咧咧的一直叫人家老顧，老顧腦袋上直冒黑線：「啥？」

「不就是祭拜金沙大王的香斷了嘛，你有必要嚇成這德行嗎？心神不寧的！」慕婉隨口說。

老好人老顧臉色頓時大變，一邊嘴裡不斷祈禱什麼，一邊加重了語氣：「小孩子家家的，千萬不要在長江上說金沙大王的壞話，會遭報應的。」

「說了就是說了，它能拿我怎麼樣。」慕婉撇撇嘴：「它不就只是個神話傳說嗎？」

老顧氣得跺腳：「金沙大王不是什麼神話，它是真實存在的。」

夜諾見老顧表情認真，皺眉，開口問：「老顧，你覺得金沙大王是真的存在過？」

「不錯，當年我還小的時候，聽我爺爺提到過。」老顧說著，一臉崇拜：「爺爺說，他見過金沙大王。」

「啊，你爺爺見過！」慕婉張大嘴巴，感覺有點懵。就像是一個人老是提到玉皇大帝，對著玉皇大帝祈禱是一回事，可那個人如果說自己見過玉皇大帝，周圍人會怎麼想，八成覺得他不是瘋子，就是神棍。

夜諾見多識廣，知道許多口耳相傳的東西，都是有根據的。例如金沙大王，許多考古界的前輩就曾經在長江沿岸遺址中，挖掘出過許多的古器具，每一個器具上對金沙大王的描述都驚人的一致。

古時候沒有書籍，神話故事全靠嘴傳播，傳說這東西傳著傳著就變了，再加上長江是天然的屏障，就算是隔著幾公里遠，人的生活習性傳統都不同。同樣的神話，在接近一萬公里長的長江沿岸，竟然保持著驚人的一致性，這非常不可思議。

老顧接著說：「不錯，金沙大王，我爺爺見過，那還是上世紀三〇年代初的事情了。」

上個世紀三〇年代，長江改道，當時老顧的爺爺顧老七，在三峽附近當河工。

所謂河工，和兩岸拉縴的勞工完全不一樣。拉縴的雖然累，但是工資高，可河工不光是累，辛辛苦苦一天，也撈不到幾口飯吃。

但那個年代兵荒馬亂，能不餓死已經是最大的運氣了。

那年天氣乾旱，長江江水水位線出奇的低，正好是挖泥沙的好時候。

有一天，顧老七所在的組，一群河工跑到平時根本就不可能露出來的河道中央，在一處河床上拚命挖砂石。

治理河道、防止水患是河工們的主要工作。

每年如果不想內澇的話，就要趁著水位線低時將河道上積累的砂石挖走，免得漲水後，水裹挾來的河砂石頭再次淤積。

今年的水位線實在是太低了，顧老七和工友們鋤頭朝天，不斷將泥沙刨進簸箕裡，運到岸上。

突然，有一個老河工咦了一聲：「兄弟夥們，老子好像挖到個硬邦邦的東西。」

天氣熱，河床上淤泥又臭，許多機械的幹著活的河工一聽這話，頓時精神一振。

長江古道是孕育了古人類的其中一條主要的生命河，期間的歷史久遠，奇聞軼事數不勝數，而當河工雖然辛苦，但是經常能從河道中挖掘出些老玩意兒，運氣好，還能賣些小錢。

聽到老河工的話，不遠處的顧老七連忙也圍上去。

只見老河工用鏟子敲敲下方的淤泥，果然聽到砰砰砰一陣響，那是金屬碰撞的聲音，和敲到石頭的響聲並不相同。

「有金器？」另一個河工眼睛一亮。

金器並不是黃金，而是金屬文物的統稱。沒進入現代的工業化時代前，金屬哪怕是一根鐵絲都是值錢的，能換半個饅頭。

如果真能挖出老金器來，那可就發財了。

「快挖，說不定真能挖出好東西。」又一個河工催促道，他嘴裡哈喇子都快流出來，好久沒吃過一頓好的，說不定今天運氣不錯，晚上能開點葷腥。

顧老七這組人大約十七個，連忙用鋤頭用力的將河床上的淤泥挖開，沒挖多久，竟然沒讓他們挖出金器，反而挖出一大塊青銅塊來。

這青銅塊有圓潤的弧度，很大很沉重，長期浸泡在江中，長滿了污穢般的銅鏽。

「哇，好大的一塊銅。要拿去賣廢品可老值錢了。」其中一個河工大喜。

河工都是窮苦人，多拿一個銅板，家裡的娃都能多舔幾天稀飯，見到確實有值錢貨，所有河工都激動起來。

他們更加用力的刨泥沙。刨著刨著，終於將整塊銅塊給挖出大概的痕跡。

一看之下，所有人都倒吸一口氣。

這哪裡是什麼銅塊，分明是一段青銅鎖鏈的最末端，而且還呈現斷裂的痕跡。這銅鎖鏈足足有兩個成人的腰桿那麼粗，環環相扣，鎖鏈筆直的探入淤泥深處，不知到底有多長。

「這麼粗的鎖鏈，到底是用來鎖啥的？」老河工聲音有些發抖。長江上拉縴用的是麻繩，捆再大的船，用的也是粗麻繩，就算是船錨，以長江上航行的大船為例，也不可能用得了這麼粗的青銅鎖鏈。

這青銅鎖鏈冰冷無比，一出土就散發著驚人的寒意，在烈日下，哪怕站在鎖鏈旁邊也能感到寒氣逼人。

「哇，這麼多的銅，我們一人分一點拿去賣了，家裡的老婆娃兒幾年都不會再挨餓。」河工們實在是餓怕了，眼睛裡只有銅鎖鏈能還錢這件事，多得也來不及去想。

一行十七人一直順著銅鎖鏈往下挖，挖了足足有十來公尺，只聽幾個人的鋤頭乒乒響起，鋤頭尖上竄出一陣火花，那幾個河工震得虎口發麻，連連捂著碗口大叫不已。

「到頭了？」老河工喜道。

這麼長這麼粗的青銅鎖鏈，幾十噸重，只要運出去，他們每個人都能發一筆橫財，畢竟銅比文物要好出手多了。

老河工仔細抹開鎖鏈的末端，突然，他皺眉頭：「不對，下邊還有東西。」

眾人一看，果不其然，直徑一公尺多粗的青銅鎖鏈，鎖住的竟然是一根白色的柱子。這柱子彷彿和象牙一樣白，就算是被淤泥浸泡了幾千年，依舊森白如玉，炫目得很。

「這什麼東西，為什麼特意用鎖鏈鎖住？這柱子，好像不是玉，也不像是石頭，咦，我當河工五十多年了，從來就沒有見過這玩意兒。」老河工疑惑不已。

他用力敲了敲這根粗壯的，大約有兩公尺多粗細的柱子。手指敲起來梆梆作響，而且瘆人的寒意不斷地從白柱子上直朝他的骨頭裡鑽。

一瞬間，老河工險些凍傷。

「這玩意好邪乎，冷得要命。」他連忙先後退了幾步。

其餘河工見到這白柱子全都驚呆了，有一個河工貪婪的道：「說不定這白柱子下面是個古墓，如果找到墓中的陪葬品，我們這輩子就不愁了。」

他的話引起了所有人的貪欲。

河工們顧不上累，鼓足力氣開始挖起白柱子來，這柱子雖然巨大無比，可通體都彷彿被人仔細打磨過一般，非常細膩。

了。

河工們隨即越挖越深，最後挖到七、八公尺深的時候，所有人都不敢再挖下去了。

因為他們發現，那所謂的白柱子，哪裡是什麼柱子。明明就是一根巨大到無以復加的骨頭，某種生物的脊椎骨，一截一截的，淤積在滾滾長江的水底，直接貫穿整個河床深處。

只是因為實在是太大了，剛開始才會被他們這些貪婪的河工們誤認為是白色的柱子。

所有河工都驚訝無比，到底是什麼生物的脊椎骨竟然能這麼大，他們簡直是聞所未聞。長江裡的魚雖然也有大的，但是也就屬江豚那種，最多能長到三公尺長而已了。再大的魚，只在傳說中出現過。

何況，這碩大的脊椎骨根本就不可能是魚的。

反而像是人類的，一根根脊椎分布得很均勻，那根粗壯的青銅鎖鏈，分明是用來鎖著這根骨架的東西。

這實在是太不可思議了。

「金沙大王！這一定就是金沙大王！」有個河工突然想到什麼，對準這龐大的骨架倒頭就拜。

別的河工也醒悟過來，如此大的骨架真是一個人的話，生前肯定是身高超過一百公尺的巨人，這麼大的巨人，不正和金沙大王的傳說一模一樣嗎？

難不成眼前的脊椎骨就是金沙大王的？

一想到這兒，愚昧的河工們也撐不住了，一個個跪下祭拜，再也沒有人敢繼續打那根青銅鎖鏈的主意，也沒人再起貪念。

河工們叫來別的河工，花了幾天時間將青銅鎖鏈和巨大的脊椎骨通通再次埋入深深的淤泥裡。

還在發現脊椎骨的位置修建了一座白骨廟，祭拜金沙大王，那座廟從修建好後，就一直屹立在長江水中心，經歷好幾次洪水氾濫都沒有被沖垮，這就更加堅實了兩岸村民們的共識。

白骨廟下的，就是金沙大王的身體，只要焚香祭拜，就能風調雨順，令長江不再發洪水。

顧老七是這件事的親歷者，所以一直都語重心長的告誡後代子孫，要敬畏金沙大王，因為祂是真實存在過的神靈。證據，就在白骨廟下邊。

聽老顧將這段經歷講出來，夜諾和慕婉面面相覷，震驚不已。

慕婉摸摸長髮，說道：「老顧，這個故事是真的？」

「當然是真的。」老顧見慕婉這丫頭，終於對金沙大王有了敬畏之心，總算滿意了。

「那現在的白骨廟在哪兒？這麼多年了，如果真有巨人的骨架埋在淤泥中，為什麼沒有聽說有考古隊去挖掘？」慕婉的問題一個又一個，麻雀似的沒停歇。

老顧啞然：「哦，那白骨廟，已經沒了。」

「怎麼會沒的，老顧，你剛剛明明說白骨廟歷經數個風雨，哪怕洪水氾濫都屹立不倒的，怎麼你現在又說它沒了？」慕婉鄙視道。

老顧乾咳兩聲：「哎，這個，這中間，還有一段隱情。」

「隱情？」夜諾自認知識面廣，也從沒聽說過白骨廟的傳說。

「你想呀，金沙大王那截巨大的脊椎骨被人從河床上挖出來後，又被埋入淤泥中，兩岸的村民整日焚香拜祭。生活在大西洋的藍鯨，其軀體能達到三十公尺以上，這已經堪稱有史以來地球上最大的生物了。幾千萬年前的恐龍，好像最大的也才幾十公尺長。可金沙大王的脊梁骨就有一百公尺左右。那整個人究竟會有多龐大，對我爺爺他們那代的人而言，根本無法相信，只剩下崇拜了。」

老顧從兜裡拿出一盒菸，抽出一根遞給夜諾，夜諾擺擺手，他便將菸含在嘴裡，點燃，用力抽了一口。

夜諾心裡吐槽，不要說三〇年代的人，就算是現代人，哪怕是他自己，對這個龐然巨人的傳說還是難以置信。

因為這麼龐大的身軀，走起路來江河都要發抖，以地球的引力，很難支撐得起雙腳站立行走的人類長到百公尺高這麼大，因為人類的脊梁骨根本承受不了。

老顧抽了一會兒菸，慕婉一直嚷嚷他，讓他不要吊胃口，這老水鬼才繼續講下去，他的故事不光吸引了夜諾兩人，還將附近的打撈員和船員都吸引過來，聽得津津有味。

「要說，我爺爺顧老七在長江河床淤泥下挖掘出來過金沙大王的脊椎骨，這件事，一傳十十傳百，慢慢的就傳出去。」

過了好幾年，那時候，正趕上軍閥混戰，響馬橫行的年代，當地佔山割據的一夥軍閥頭子聽了這件事當然不肯信，他們覺得那所謂的百公尺高的脊椎骨，不過是某一座修建在長江中的陵墓。

那軍閥頭子想要擴張地盤，可是搶來的錢哪裡夠，整個國家兵荒馬亂，風雨飄搖，每個人都窮，有錢的早就跑去了國外和上海。

軍閥頭子沒錢買槍砲，乾脆打起了白骨廟的主意，既然傳說白骨廟下埋了兩人粗的青銅鏈子，鏈子下還有骨頭架子嘛，那最下邊，說不定有值錢的寶物。

那人也橫，當即就帶了一個連的人跑來白骨廟挖掘，還抓了我爺爺顧老七和當初發現金沙大王骨架的老河工。

他們掀翻了白骨廟，不斷往下挖，果真挖到銅鎖鏈，也挖到白骨架，所有人都被那龐大的骨架嚇傻了。

不料在挖到白骨架子的當晚就出事了。

老顧又抽了一口菸，周圍的人聽得正起勁，連忙催促老顧接著講。

發生了一件讓人毛骨悚然的大事，那個軍閥頭子竟然被人在營帳中活活給掐死了，掐死他的，居然是他的親信。據說發現軍閥屍體的時候，那軍閥眼珠子圓睜，臉上沒有絲毫血色，他脖子上還開了兩個大血洞，那個親信不光掐死了他，還抽光了他身體裡所有的血。

你說，親信明明是他侄子，他們有什麼仇什麼怨，要那樣兇殘的殺了他？不正是金沙大王的詛咒，才能解釋得了嗎？

不光如此，在軍閥死掉那個晚上，發瘋的不只他的親信，還有大量參與了挖掘的兵蛋子和河工。事情鬧得很大，彷彿一場可怕的瘟疫似的傳播出去，好幾個村莊的人因為神秘的原因死掉。

哎，不知道他們到底在金沙大王的骨架子裡發現什麼，總之知情的人，全死了個精光。我爺爺還算聰明，他不敢冒犯金沙大王，所以挖了一陣子，趁著兵蛋子疏忽的時候逃掉了，這才躲過一劫，不然就沒我嘍。

最終國民政府出動了軍隊，好幾個連的人趕過來，據說軍隊駐紮的村子附近昏天暗地，槍砲連連，還刮起了紅毛風。幾個村子裡的人全嚇傻了，不敢出去，只知道夜色裡摻雜著槍聲和古怪的嘶吼聲。

軍隊撤退後，眾人才麻著膽子去看究竟發生了什麼。三個村子被焚燒一空，空氣裡瀰漫著濃濃的屍臭味，甚至原本修建著白骨廟的位置，連河床都改了道。

大量的長江水從地下湧出來，淹沒了一切，本來只有一公里多寬的河道，變成兩公里多的滔滔淨水。而至今，再也沒有發現過那龐大的骨架。

金沙大王的骨架再次遺失在長江水中，無蹤無跡，徹底失去痕跡。

抽了兩根菸的工夫，老顧才講完這故事，他說得活靈活現有板有眼，周圍人大叫過癮，慕婉倒是聽得有些怕，直往夜諾懷裡鑽。

夜諾卻沉思起來。

從老顧的故事中他突然想起了一件事。古安容腳踝上的長江十三令上，模模糊糊的雕刻著一些東西，其中就有一龐然巨人，手裡持著一把巨大的奇怪兵器，生生將江水一分為二。

難道長江十三令和金沙大王的傳說也有關聯？但如果金沙大王是神的話，為什麼會被青銅鎖鏈鎖著？而且鎖鏈還連在脊梁骨上，這分明是他有皮肉時被什麼東西用長鎖鏈刺入身體，將他活活封印住。

神為什麼會被封印？除非，他並不是神，而是某種兇猛的怪物，否則故事很難說通，甚至那脊梁骨根本就不是什麼金沙大王的遺骸。

船在江面上不斷前行，離開了主航道後，江面上已經很少看得到船隻，水花拍打著船體，發出有節奏的啪啪響聲。

就在這時，龐大的長北新捕撈船猛地震動了一下，彷彿撞到什麼堅固的東西。

「臥槽，觸礁了？」華超罵道。

眾人紛紛跑到船舷邊，往水裡瞅。猛然間，凡是看著長江水的人，全都臉色大變，懵了！

10 入煞屍

「這是怎麼回事？」老顧聲音不住的發抖。

慕婉緊緊拽著夜諾的胳膊，她有些怕。因為捕撈船附近的情況，實在是太詭異了，不知順著江水，什麼時候沖過來了那麼多的死豬。

一隻隻死豬雪白雪白，屍體鼓脹得像個球，身上的黑色鬃毛被人刻意刮得乾乾淨淨，豬皮上還用紅色的塗料，塗抹出一個斗大的符號。

那符號怪異莫名，看得人不寒而慄。

最可怕的是死豬浮在水中，應該會側著漂，因為到水裡後脂肪往往會偏向某一邊，可這數百隻豬屍無一例外，全都是豎立著，人一樣豎立著，身子在下，頭昂出水面，面目猙獰，顯然死前還遭受過難以想像的折磨。

「誰那麼殘忍，殺豬不吃肉不說，還在豬死之前不斷傷害牠。」華超怪道。

老顧不愧是老水鬼，立刻就認出來：「這是長江上特有的儀式，叫『去煞』。

選上好還沒有配種的小公豬，殺牠之前，不斷朝牠胃裡灌水，這樣就可以讓豬死前，站立在江水中，之後刮乾淨毛，獻祭給金沙大王。」說到這，他深吸一口氣：「但是我從來沒有見過一次獻祭數百隻的情況。」

「什麼叫去煞？」慕婉好奇的問。

夜諾倒是知道：「去煞這法式我也略有耳聞。據說是如果有少女在長江上枉死，沿江兩岸的村民就會認為，少女是被金沙大王帶走，娶回去當老婆了。可人死了就是死了，有不甘心的父母，不希望金沙大王娶走女兒，讓女兒永世不能輪迴，所以就會舉行去煞儀式。每一隻豬，都是替身，替死去的女孩獻祭給金沙大王，希望金沙大王將女兒還回來。」

慕婉驚訝的道：「可這水裡有上百隻豬啊。」

夜諾臉色不好看：「那就意味著同一時間，有上百個少女死在長江上。」他轉頭，看了老顧一眼：「老顧，如果真在同一時間死掉了上百個少女，這件事應該會很大，最近聽聞過類似的消息沒有？」

老顧搖頭：「現在鬧得最大的就是近一個月前，嘉實遊輪上跳下來自殺的十三個少女，至少我沒聽說過還有別的少女死掉，更不要說一百個之多了。」

夜諾沉默一下，他最近一直都在關注長江上的新聞，方方面面他都搜尋過，同樣沒有聽說這幾天有上百少女突然死亡。

可去煞的豬很講究。一隻豬對應一個枉死少女，不能多也不能少，這個傳統迷信流傳了數千年，作不得假。

難不成暗地裡還有什麼更加可怕的恐怖事件在發生，只是它們自始至終都從未出現在大眾的視線中？

慕婉十三人被神秘的勢力殺死；綁在古安容腿上的長江十三令；老顧嘴裡的白骨廟，和巨人般埋藏在未知淤泥深處，被鎖鏈鎖住的百公尺高脊椎骨；還有眼前的一百多條去煞的死豬。

看似沒有聯繫的幾個方面，說不定其實都是一條巨大的陰謀線，背後都是同一夥人在作祟。

可他們的目的是什麼？如果沒有好處的話，費了那麼大的工夫，那麼多的時間謀劃，不可能只是惡趣味。

他們一定在進行著某種極為惡毒的宗教儀式。

在他驚疑不定時，其中一個開船的船員走出來，他嘴裡叼著一根菸，吊兒郎當的走到船頭，往下看了一眼。

「奶奶的熊，這麼多死豬，好像有一條捲進了推進器裡邊，把推進器給堵住了。」他瞥了夜諾幾人一眼，粗鄙的道：「你們幾個不都是潛水夫嗎，下去一個人，把那隻豬給拽出來，不然我們根本沒辦法開船。」

老顧把腦袋搖得梆梆響，他絕對不會進入去煞的水域，這些豬都是獻祭給金沙大王的，萬一潛下去，金沙大王把自己當貢品給抓走了，那就不好玩了。

而且，這些豬看起來非常詭異，鼓脹的屍體彷彿已經變得不像是肉和皮了，堅硬無比，隨著流水撞擊在金屬的打撈船身上，還不斷傳出結實的撞擊聲，那聲音劈哩啪啦的，就像兩種金屬在碰撞。

老顧本能覺得這些豬有點不太對勁兒。

已經到早晨十點，長江偃師打撈公司的總經理鄧浩急匆匆的走出船艙：「喂，你在那兒浪費什麼時間，趕緊開船啊。我可是花了大價錢請你們來的，都說你們是老把頭，開船穩當。」

「老子開船是穩當，但也要船能動啊。」這船員朝著老顧等人努努嘴，將事情講一遍。

鄧浩愣了愣，什麼情況，一些死豬的屍體竟然就將這艘號稱江內無敵捕撈船給攔停了？你媽媽，這錢花得有些不太值。

他看了船外那一大堆自立漂著的詭異豬屍體，指著船尾，對蝦哥說：「老蝦，你去把驅動輪上卡著的死豬拖出來。」

蝦哥聲音頓時就大了：「怎麼只曉得使喚老子。」

「五千塊，快一點。」鄧浩掏出一疊錢扔在他腳邊上。

蝦哥連忙笑顏大開，把錢撿起來收好，樂滋滋的穿戴好潛水用具，準備下水。

老顧欲言又止，最後揮揮手，讓蝦哥盡量小心點。

蝦哥沒當回事，只是下水拽一條死豬而已，能有什麼糟糕事發生？所有人都看著他走到船尾，把潛水面罩戴好，屈腿一跳。

奔湧的長江水面，就留下一個飛濺的浪花。

許久後，蝦哥都沒有浮起來。

「糟糕，出事了！」老顧心臟猛跳了幾下。

華超漫不經心：「蝦哥的水性很好，這才過了十多分鐘而已，估計那隻豬卡得很緊。」

老顧搖頭：「不對，老蝦跳進水裡的時候我看過他帶的氧氣瓶，只是一個小氧氣瓶罷了，吸不了幾口氣，早應該上來了才對。」

這十多分鐘陸陸續續又漂來了好些豬屍體，去煞祭拜的豬，快要接近兩百條了，每一隻豬都睜大痛苦的猩紅眼珠子，詭異的雙眼，彷彿在死死的盯著船上的人看。

氣氛越發陰森。

「這些豬，都是從哪裡漂來的。」華超皺眉：「我沒看到上流有漂豬屍體過來啊，牠們就像是從水裡突然冒出來似的。」

老顧擔心道：「不能再等下去了，老蝦的氧氣瓶肯定已經耗盡，我們必須要找個人下水找他。」

「誰去？」華超撓撓頭：「如果老蝦真遇到危險，我們誰下去，保不準也會遇到同樣的危險啊。」

「一起下去！」老顧一咬牙。

「一起下？」華超驚道，他看看夜諾和慕婉：「他們也一起下？」

「都下去，四個人相互照應，這樣就算有危險，也能脫身。」老顧道。他的經驗老到，長江中大型攻擊性魚類現在幾乎沒有了，早就被捕撈一空。

假如老蝦遇到危險，也可能只是意外而已，人多力量大，四個人一起下水，確實是最好的方案。

當即，他就去找鄧浩商量。

總經理鄧浩聽老蝦沒上水，臉色陰晴不定。他點頭：「我同意。但是你們要帶一些武器自保。」

「行，我去找一些刀子，一人帶一把下去。」

鄧浩搖腦袋：「有些危險，刀子不一定管用。走，跟我來。」

他帶著夜諾四人，走到船艙中。偷偷摸摸的從雜物中拖出一口榆木大箱子，將箱子打開，所有人都倒吸一口氣。

臥槽，竟然是槍，好多把槍。

老顧失聲道：「總經理，你哪來的槍啊？」

「在黑市買的。我們這次尋人，我就怕再遇到危險，如果咱們失蹤的幾十個潛水夫都是被挾持了的話，這些槍就有用處。」

箱子裡長長短短的水下用槍有好幾把，黃澄澄的子彈也有不少，看來鄧浩的準備已經不止一天兩天了。

「去，一人挑一把帶下水。」鄧浩道：「誰不會用槍的，我現在就教。」

老顧猶豫一下，挑了一把手槍。華超人年輕，再加上男性本身就對機械類的東西感興趣，他挑了一把單發水下步槍。

夜諾遞給慕婉一把很小巧的手槍後，自己也選了一把，他和慕婉交換了眼色，神色凝重。

四人穿好潛水服，戴好頭盔，測試了水下對講機後，將槍帶在身上。

夜諾湊到慕婉身邊，低聲說：「那個鄧總也不簡單啊。我們明明只是下個水救蝦哥而已，江中未必有大型魚類，幹嘛要我們帶槍？」

「對啊！我也覺得奇怪。」慕婉用手捶捶掌心。

「除非，他知道水下有某種極為危險的東西，那些東西很致命。」夜諾聲音更低了：「待會一下水，你緊緊跟著我，一見情況不對，咱們立馬溜掉。」

「嗯啦。」慕婉點點頭，捏了捏小拳頭，信心爆棚：「我現在可是打不死的，有危險，人家保護你。」

「先救你自己吧。」夜諾撇嘴。這小妮子，經常性脫線，他真的很擔心。

四個人陸續跳入江中，進入水中的瞬間，夜諾看到水線在頭盔外沉浮了幾下。由於潛水服的配重盤影響，他的身體沉重的陷入水裡，如果不用雙腳踢水會沉沒得很快。

慕婉同樣如此，但她的腦子雖然不怎麼好用，可運動神經一直都很不錯，沒幾秒就適應了。

「下潛！」老顧一聲令下：「所有人都不要隔太遠，盡量在一起。」

說著，他頭朝下一用力，身體就消失在水面。

夜諾在幾天前才剛學會游泳，幸好身體被暗能量改造過，適應性也不差，他和慕婉一前一後，陸續沉下水。

長江的水，泥沙含量很高，雖然這裡偏離主航道，但是寬廣的水域，並沒有讓江水的透明度增加多少。

水中不通透，可見度也不高，哪怕打開了潛水頭盔上的燈，也看不了多遠，不過夜諾異於常人，慕婉現在也不算人，至少兩人看的比普通人要遠得多。

長北新捕撈船沉入水中的部分大概兩公尺高，作為江中重型船舶，它吃水算很重的，四個潛水夫繞著船來到船尾。

在螺旋槳的位置，夜諾並沒有看到蝦哥。

老顧帶著眾人，緩緩的朝螺旋狀的槳片靠近，他檢查了一下槳片並沒有血跡，偌大的葉片附近，也找不到任何死豬的屍體。

可為什麼槳片會被卡住？

華超道：「顧老哥，要不要我們分兩組人，一組排查槳片的問題，另一組去找蝦哥？」

「長江那麼大那麼寬，他突然不見了，也沒被槳片卡住，人還能去哪裡找？」老顧罵道。

華超吃味的沒吭聲。

夜諾開口說：「會不會是他遇到意外沉下去了？你看，潛水服的配重那麼重，如果蝦哥死了，不一定能浮起來。」

老顧沉默了一下：「也有可能。但他是個老潛水夫，也不像是受了傷，到底會發生什麼意外呢？」

就在這時，慕婉眼尖，像是發現什麼，驚叫道：「你們看，槳片最裡邊好像有東西。」

大家定睛一看也看到慕婉發現的怪東西。那東西薄薄的，有好幾個成人的手腕那麼大。通體黑色，漆黑的模樣和槳片附近一模一樣，如果不仔細看的話還真發現不了。

同樣的薄片還有好幾個，正好將槳片的間隙卡死，讓打撈船的引擎沒辦法動彈。

「把這些東西扯出來。」老顧吩咐。

四人一陣忙活，花了十多分鐘，才將這些黑色的薄片全部清理乾淨，數了數，一共六片之多，拿在手中更加覺得它的大和沉。

薄片很圓潤，異常堅硬，而且和金屬一般沉重，但偏偏它絕對不是什麼金屬材質，大的也不像話，直徑足足有六十公分。

老顧抓著兩個薄片，眉頭皺得就快要黏在一起了，觀察了半晌，他才說：「這東西好像有點眼熟。」

「何止是眼熟。」夜諾道：「你們覺不覺得，這分明是一片魚鱗。」

此話一出，所有人都驚呆了，但是驚訝過後，再次看這些薄片，確實是越看越像。不，可以肯定的是，這應該就是魚鱗。

華超的聲音在發抖：「什麼魚的魚鱗能夠長這麼大？魚鱗這麼大的魚，它還是魚嗎，明明就變成怪物啊。」

用膝蓋想也清楚，如果某種魚身上有直徑六十公分的魚鱗，那麼根據生物學規律，牠的長度必然達到十六公尺以上，甚至還會更長。

但長江是淡水水系，極少有淡水水系中能長出極大的魚類，這是生物環境造成的。哪怕是長江兩岸前些年通過考古發現的，早已在幾百萬年前消失了的鶺鴒魚也才十公尺長罷了，遠遠沒有這些魚鱗的主人來得身材龐大。

「如果長江中真的隱藏著某種大魚，而且一直躲著人類的話。那蝦哥會不會被那魚給襲擊，甚至是吃掉了？」華超感覺眼前的東西已經超出自己的想像。

「先上去，馬上！王八羔子，鄧浩那王八羔子，他為什麼會把槍發給咱們，估計這龜兒子早就曉得啥子了。」老顧大罵道。

他吩咐眾人不要管蝦哥的死活，自己的命要緊。

就在四個人準備離開槳葉，朝水面上浮時。突然，身下一個龐然的黑影盤踞著，黑漆漆的從水深處游過去。

那東西只是游動而已，光是激起的水流，就讓四人險些被沖散，無數的漩渦在水底下滋長，夜諾和慕婉人仰馬翻，慕婉驚叫著，身體被水流衝擊，朝水底下吸去。

夜諾眼疾手快，他一隻手迅速牢牢的抓住槳葉固定身體，另一隻手用百變軟泥變成繩索，其中一根先是捲住慕婉，將她給扯回來，其他兩根也準確的甩到老顧和華超身旁。

兩個有經驗的潛水夫努力穩住身形，順著繩子游回船下。

「馬勒個巴子，老子差點就沒命了。」老顧驚魂未定。

華超一頭冷汗：「顧哥，剛剛從我們下方是不是游過去了什麼東西。」

「確實有東西，而且很大。」老顧用顫抖的聲音道：「它朝我們吸了一口水，我根本就控制不住，那股吸力太可怕了，要不是夜兄弟的那根繩子，恐怕我和你早就進了那怪物的嘴中。」老顧感激的對夜諾說：「謝謝你，夜兄弟。本來我昨天還擔心你們，沒想到反而你先救了我一命。對了，你繩子是哪裡來的，也沒見你帶下水啊？」

「以前我潛水的時候發生過類似的危險，所以每次下水，都會帶一根繩子，藏著備用，你沒見到很正常。」夜諾不假思索的滿口跑火車。

「剛剛有沒有人看到那東西到底是啥？」老顧自然不會多想，他問眾人。

所有人都搖頭，水下很渾濁，而且這段水域異常深，夜諾睜著眼睛也沒有看真切，慕婉同樣如此，更不用說只是肉眼凡胎的老顧和華超了。

「事不宜遲，咱們趕緊上去再說，鄧浩肯定有事情瞞著我們。」夜諾警惕著四周。

老顧連連點頭：「走。」

四人再次準備上潛，突然，從水底下湧上好幾個黑乎乎的影子，其中兩個正好飛快的浮到華超身旁，華超下意識一抓，把其中一個黑影給抓個正著。

那東西半個人那麼大，浮力很足，華超抓都抓不穩，他定睛一看，險些慘叫出聲來：「啊，這，這又是啥！」

夜諾三人連忙看過去，臉色頓時也不好起來。

只見華超抓住的竟然是一隻豬，白森森的豬屍上殷紅的符號在水中若隱若現。猩紅的眼珠子，還閃爍著邪異的光。

「這是去煞用的豬屍。」夜諾背上冒出一股冷汗：「難怪我們沒發現上游有豬屍體漂過來，因為這些豬屍全是從水底下浮上來的。怪了，明明豬的油脂高浮力大，到底是什麼將牠們全都弄到江底去了？」

情況明顯在朝著糟糕的方向發展。

夜諾一隻手抓著慕婉，死死抓著，生怕她一個不小心就被水流捲走。慕婉甜甜笑著，這麼危險詭異的情況，也就她一個人沒心沒肺的感覺挺甜蜜。

「小心，那東西又來了。」夜諾順著豬屍體浮起的方向看，陡然，那龐大無比的身影再次出現。

它彷彿發現他們四人，開始朝著船的方向游過來，那激烈湧動的水流，沖得人不穩，隨著距離越來越近，那江裡游動的巨大黑影顯得更大更可怕。

轉瞬間已經遮蓋他們全部的視線。

「啥，那到底是啥！」華超渾身發抖，還沒等那巨大怪影衝上來就慘痛的大叫一聲。

「怎麼了！」老顧下意識的回頭，一看之下就傻了眼。

只見華超瘋狂在水下亂抖，從豬屍中居然湧出一大群黑壓壓的小魚，那些小魚撕扯著華超的潛水服，從潛水服的破口鑽入，拚命撕咬他的血肉。

「哇，痛，好痛。」華超的血從潛水服的裂縫中漂出，染紅了一大片江水，可那些江水來不及擴散開，從別的豬屍體中，又再次湧出大量的黑色小魚，將帶血的水都一股腦的全喝掉了。

血水如同一個開關，嗜血的小魚們蜂擁著，不斷從附近的豬屍內游出來，開始襲擊周圍一切活動的生物。

夜諾連忙甩出一個結界術，將老顧、慕婉和自己保護起來，可華超已經沒救了，他拚命的撕扯潛水服，露出的皮膚千瘡百孔，那些小魚咬掉了他的皮膚，從咬出的口子中鑽進他的骨肉。

哪怕是水下聽不到聲音，也能感受得到華超的疼痛。

老顧驚慌失措，那群從豬屍中游出來的詭異小魚群也朝他吞噬過去，正在絕望中，突然看到夜諾一甩手，一道光閃過，他頓時感覺自己被籠罩在一層看不見的薄膜內，那些小魚，竟然神奇的沒辦法闖進來。

「夜小兄弟，你莫不是神仙？」老顧驚訝道。

「我就是會一些小手段罷了。」夜諾警惕看著四周的水域。

結界術並不保險，這些怪魚很古怪。明明身體只有幾公分長，但是長相不敢恭維，最重要的是牠們的牙口很好，咧開的嘴中，交錯的牙齒寒光四逸，鋒利無比。

夜諾瞇眼：「這些像是鯉魚的魚苗。」

老顧震驚於夜諾的神奇手段，好一會兒才回過神，搖頭道：「不可能，我從小在長江上游到大，哪裡見過這麼怪的魚，比亞馬遜的食人魚都恐怖，雖然牠確實長得像鯉魚幼苗，可鯉魚的嘴哪裡有這麼鋒利，鯉魚也不會攻擊人類……」

話音都還未落，華超已經痛得斷了氣，他的身軀被生生咬得千瘡百孔，無數小魚在血肉空洞中游進游出，煞是驚悚。

水下的巨大黑影已經聞到腥味，猛地浮上來，它翻騰著身體，一口將華超的屍體咬成兩段，然後吞進肚子裡。

可怕的水流激蕩不已，黑色小魚游弋在夜諾三人身旁，對準結界一陣亂咬，這些小魚的牙齒不太對勁兒，結界上的暗能量竟然被小魚咬得越來越薄。

黑壓壓的小魚全都圍攏在結界周圍，牠們甚至吃起了暗能量，而且越吃越起勁。

「糟糕，起反作用了。沒想到這些怪魚，居然對除穢術有反應。」夜諾心裡發寒：「走，游上去。」

難怪蝦哥潛下水就沒能再上來，估計他和華超一樣，被死豬中的小怪魚吃了個乾淨。

可這些小怪魚到底是從哪裡來的？不要說夜諾聞所未聞，甚至老顧這個老長江水鬼都沒聽說過，還有，牠們為什麼會住在去煞用的豬屍體中？

水下吃了華超的巨大魚怪對夜諾的結界也有興趣，它游了一陣子，然後筆直的朝夜諾三人衝過來。

巨大的身軀每往前一公尺，都會帶來滔天暗流。

夜諾等人拚命的穩住身形，他手裡捏個訣，掌上飛快甩出，銅錢在除穢力的作用下，在水中猶如一道道光，留下一道道水線，破開水流，朝巨大黑影襲擊過去。

擊中了，所有銅錢都擊中了。只見水下一陣金屬碰撞的流光，巨大身影根本沒有任何反應，掌上飛擊中它甚至連撓癢癢都不算，它仍舊向前直衝。

衝入三人的視線。

老顧目瞪口呆，而夜諾也沒好到哪兒去，接著他們看清楚了黑影的模樣，包括慕婉也驚訝的沉默了。

「這，這還真他媽的是一隻鯉魚！」老顧喉嚨發乾。

向夜諾三人衝過來的確實是一隻鯉魚。這鯉魚足足有接近二十公尺長，通體黑色，和那些怪魚一模一樣，黑色的鱗片有成年人的兩個手掌大小，寒光刺得人眼發痛。

這些鱗片猶如盔甲，將鯉魚裹得嚴嚴實實，巨大鯉魚的口腔中錯牙鋒利，猙獰無比，哪裡還有鯉魚原本的模樣，這分明已經變成一隻鯉魚精。

老顧牙齒在打顫，他怕得要命：「據說長江裡的鯉魚，只要活過五百年，就能成精，成精的鯉魚不再雜食，只吃肉，體型龐大，甚至會偷偷的潛伏在長江沿岸邊上，遇到在江邊洗衣服的婦女、玩耍的幼兒，都會竄上岸去，將那些人拖入水中吃掉。吃夠了血食後，鯉魚精會長到三、五十公尺長，活夠一千年，就會去跳三門峽。三門峽有一個龍門，落差高達兩百多公尺，跳過了三門峽，鯉魚精就會變成龍。」

老顧喃喃自語：「原來傳說，都是真的？」

「臥槽，就算襲擊我們的是一隻鯉魚精，我看它也變不成龍，就是一隻穢物罷了。」夜諾撇撇嘴：「老顧，槍拿出來，給我使勁兒打。」

生死一瞬間，鯉魚精已經衝到近在咫尺的位置，老顧被夜諾點醒，想到自己還有槍，他手忙腳亂的將槍口抬起來，解開保險，扣動扳機。

子彈啪啪啪的射擊出去，就算準頭不夠，老顧也沒有開過槍的經驗，但是奈何距離太近了，所有的子彈都射中了鯉魚精。

鯉魚精的魚鱗實在堅硬，子彈打在上邊，竟然沒有留下絲毫痕跡。

「朝嘴裡打。」夜諾把自己的槍丟給慕婉，手裡掐著除穢術，蓄勢待發。

慕婉一手拿著步槍，另一隻手拿著手槍，突突突的對準鯉魚精的嘴巴，鯉魚精大嘴巴探出，想要一口將三人吞掉。

結果血食沒有進嘴，反而打入一窩蜂的子彈。

沒有魚鱗保護的口腔內壁頗為柔軟，魚嘴巴裡猛地竄出蜂窩般的血點，鯉魚精吃痛，慘嚎著一個甩尾，幾十公尺長的魚身，硬生生轉了個方向，堪堪從他們跟前游過去。

老顧一頭冷汗，和死亡擦肩而過的感覺，真特麼太不好了。

「上去。」夜諾吼道，手中的除穢術對準魚尾巴甩出。衍心雷。

這道除穢術遠遠比掌心雷的威力要小很多，夜諾現在的能量剛好能使用，一道電光閃過，在水中蔓延，開出一道樹枝般的金色花朵，水能傳電，電打在巨大的鯉魚精身上唰唰的一陣爆響。

鯉魚精頓時被麻痹了片刻。

趁著這機會，三人終於狼狽的游到水面。

長北新捕撈船葉片上的障礙物已經清除，夜諾一冒出頭，就看到總經理鄧浩正站在高高的駕駛室，隔著窗玻璃都能見到鄧浩臉上的恐懼。

「開船。」鄧浩沒等夜諾三人上來大聲命令。

兩個船員一陣手忙腳亂按下引擎的啟動按鈕，船後的螺旋槳緩緩轉動，攪起巨大的水波，令水面上的夜諾三人搖晃不已。

「媽的，放下舷梯讓我們上船，你們這是要見死不救，把我們扔這兒送死啊！王八羔子。」老顧見打撈船明顯有開溜的打算，連聲罵道。

船上眾人不知看到什麼，已然嚇壞了。

水波不斷將夜諾三個朝船遠處推，鄧浩也絲毫沒有放舷梯救他們的行動，只是一個勁兒的催促開船，加大馬力。

打撈船的油門被加大，水花四濺，朝著遠處瘋了般行駛而去。

「混帳。」夜諾也罵道：「想跑，門都沒有。」

他捏了一個除穢咒：「冰絲。」

隨手一拍水面，暗能量過處，水變成一條冰帶，那條冰帶被夜諾甩出，猶如絲狀的綢帶，遠遠的黏附在船後邊。

「快，抓住我！」夜諾一隻手操著慕婉的腰，吩咐身旁的老顧。

老顧目瞪口呆的看著夜諾神奇的手段，忙不失措的連連「哦」了幾聲，用力將夜諾拽住，船在以二十碼的速度加速，拖著冰絲的夜諾，帶著老顧和慕婉像滑水似的遠遠的吊在船尾巴後方。

「這些混帳到底為什麼不救我們？」老顧恨恨道。

夜諾說：「應該是那些船員在聲納屏上，看到水底下有巨大的怪物游過來，就快要撞在船上，所以嚇壞了。」

「不管是不是嚇到，但是讓我們去送死，這些人也是壞透了。」老顧咬牙切齒。

說話間，只聽夜諾身後水花聲巨響，一口巨大的嘴，咧著尖銳冰寒的牙齒向他們咬過來。

11 長江絕境

「奶奶的，這孽障陰魂不散。」夜諾雙手不得空，眼見龐然大嘴近在咫尺，就快要吞下他們了。

老顧臉色煞白，打撈船上的人也嚇得夠嗆，再次加大油門。船在轉向，以不符合比例的角度轉向，船身甚至發出「咔咔咔」的難聽響聲，就像是快要解體。

夜諾三人被狠狠朝空中一甩，冰絲險些折斷，幸好被暗能量改造過的冰確實和絲綢一樣柔韌，勉強撐住了。

他們重新落入水中，堪堪躲過鯉魚精的大嘴，鯉魚精撲通一聲，沉入水中，水下留了個大大的陰影。

鯉魚精潛伏在水裡，跟蹤著夜諾三人，陰魂不散。

夜諾和慕婉看起來太好吃了，很有營養，比那些豬屁好得多，它不會放過。

沒多久，它再次一躍而起，這一次距離算得很準，大口正對在三人的腳下，騰起水花，張大嘴，它一張嘴整個水面都變成漩渦。

方圓五平方公尺的漩渦以夜諾三人為中心，幸好有船的拉拽，否則他們早就掉入鯉魚精的口中。

「抱緊我。」夜諾吼道。

慕婉樂呵呵探出雙臂，美滋滋的環抱著夜諾的脖子，她小小的身軀，整個人都貼在夜諾身上，夜諾終於抽出一隻空手。

「水遁咒。」他掐著除穢咒，在水面打出咒法。

鯉魚精半個身軀高高揚起，咒法打出後，一個水波形成，夜諾踩在水波上，高高彈起。他的速度因為水遁咒猛地變快，手中的冰絲被他飛快收攏，趁著這個衝擊力，朝船靠近了好長一截。

鯉魚精的嘴巴合攏，在空氣裡發出噠噠一聲響，上下顎骨碰撞在一起，甚至碰撞出火花，它只吃到一泡江水，口腔還被打出小孔，又痛又氣，更加瘋狂了。

「抓緊！」夜諾體內的暗能量耗費得七七八八，他明白唯一的生路就是逃到船上去，他再次丟出一個水遁咒，速度加快，拚命拽著冰絲朝船艙去。

「媽的，不能讓他們上來，上來了我們也跑不掉。」鄧浩狠毒的盯著就快要到船上的夜諾三人，雖然他不清楚夜諾他們怎麼數次從那怪物嘴裡逃生，但是現在那巨大的魚形怪物已經將他們當作餌料了，讓夜諾三人上船，怪魚肯定會把船掀翻掉。

他摸出一把槍對準夜諾三人，就要扣動扳機。

老顧嚇得魂都散了，他們三個在空中空蕩蕩的沒有著落，如果真的中了槍子兒，就算僥倖沒死掉，也會落入水中被當成魚飼料。

夜諾眼疾手快，一個掌上飛，手中飛快的射出一枚硬幣，硬幣去勢極快，眨眼間工夫就打在鄧浩的手腕上。

鄧浩吃痛，槍口歪了，一串子彈射在船舷上，濺起火花。鄧浩大罵一聲，正準備再次瞄準，夜諾三人已經穩穩當當的落地。

夜諾氣喘吁吁，他累壞了，身上掛了兩個人，每個人的潛水服上都有配重。三人三件衣服，加起來也很重，拽著他們一路在水面跑，又在空中滑，體力再好也承受不了啊。

他挨著甲板，一屁股軟在地上。

老顧三下五除二將潛水用品扔掉，氣呼呼的拿著步槍就衝向鄧浩。

鄧浩倒是不慫，他和老顧扭打起來，沒想到鄧浩竟然是個練家子，他出手狠辣，卸掉老顧的槍後，幾拳頭就把老顧打倒在地。

揉著拳頭，見老顧失去攻擊力後，他又朝沒啥力氣和看起來柔弱無比的慕婉一步步走來。

「哼，你們兄妹可不要怨我，今天無論如何你們都要下去餵鯉魚王，不然我們船上所有人都要死。」鄧浩冷哼著，眼中陰森的寒光直冒。

夜諾盤腿坐下，看都沒看他一眼，吩咐道：「交給你了。」

慕婉笑嘻嘻的點點頭，捏著小拳頭：「放心，阿諾，有我在沒有人能傷害你。」

鄧浩嗤笑道：「小姑娘，你這細胳膊細腿，還是讓我丟水裡得了，少受點痛苦。」

「還不知道誰會痛，到時候可別求饒哦，讓阿諾累成這樣，本姑娘心疼死了，才不會放過你呢。」不到一百五十公分高，萌噠噠的慕婉聲音就連兇起來都很悅耳。

不過鄧浩心裡明顯揣著事，他沒時間浪費，也沒心情憐香惜玉，身形一閃就衝過來，想要錯開慕婉，直接搞定正在打坐喘息的夜諾。

他剛剛親眼看清了夜諾的神奇手段，心想只要先殺了他，別的人不足為患。

但是鄧浩錯了，有些事情一旦錯了就會很致命，在對付人類上，現在估計船上最強大的是這隻小蘿莉才對，至少沒有人能夠打得過她。

慕婉在他錯身的瞬間，以迅雷不及掩耳之勢，一個小擒拿，生生拽住鄧浩的手腕，頓時鄧浩感覺一股強大的力量傳來。

他被甩到地上，頓時懵了。

奶奶的，這嬌滴滴的小姑娘，哪來的這麼大的氣力，這力氣，是人類該有的嗎？

「媽的，這小娘們有些邪乎。」鄧浩揉揉手，警惕起來，他退後兩步想去拿槍。

慕婉上前一個滑步，截斷鄧浩的後路，手刀祭出砍向鄧浩的後腦勺，鄧浩躲避不及，慘嚎了一聲，險些再也站不起來。

「都給我出來，這娘們我一個人搞不定。」鄧浩又急又怒。

船艙裡的兩個船員和鄧浩是一夥的，其中一人直接朝慕婉開槍，慕婉很靈活，迅速躲閃開。

「打她哥哥。」鄧浩歹毒的道。

夜諾坐在地上閉著眼睛，看起來正處於手無縛雞之力的軟弱時刻，先打死再說。可他這句話，卻撓到慕婉的逆鱗。

「你是個壞人！」慕婉寧願自己受傷，也不會讓自己的夜諾掉一根頭髮，她怒氣沖沖一腳踢在鄧浩的心口，鄧浩慘嚎一聲，遠遠飛出去，撞到對面的牆壁上，整個人都陷入金屬外殼中。

她的手迅速一撈，將手槍當作暗器扔出去，巨大的動能直接粉碎了駕駛室的玻璃，將正在開槍的船員爆了頭。

另一個船員嚇壞了，可背後還有一隻巨大的鯉魚精在追趕，他一邊發抖，一邊開船。

鄧浩嘴裡吐出一大口血，大聲喊道：「老前輩，您再不出手，我們就要掛在這裡了。」

他的聲音很大，震得整個船艙都傳來迴響。

老顧睜大眼睛，心裡駭然，難不成這鄧浩還有後手？不多時，從下方的船艙傳來一陣低沉的腳步聲，腳步由遠至近，很慢，但是擲地有聲。

船艙門開了，一名大約六十來歲的老者緩緩走出來。

老者留著長鬚，穿著古怪的黑色衣服，一副仙風道骨的模樣，老顧心臟猛地一跳，這人好可怕，只是微微瞥了自己一眼，他就像快要死掉了似的。

「沒用的東西。」老者將鄧浩扯下來，手裡捏個訣，拍在鄧浩的腦門心上，只剩半條命的鄧浩，長舒一口氣，竟然再次活蹦亂跳起來。

「謝謝前輩。」鄧浩喘著粗氣，對著老者連連磕頭。

老者冷哼一聲，視線掃過夜諾後，沒有再多看，在他眼中，夜諾不過是個剛跨過 F4 級的除穢師罷了，一隻手就能捏死。

但看到慕婉時他陡然眼中冒出貪婪的光。這小姑娘竟然只是一絲殘魂，可身體用的是啥材料？這東西可不得了，好像在祖先的記載中，老者偶然看到過。

祖先稱呼這種材料叫神泥，只需要一丁點，就能變化出萬物，威力無窮。祖先僥倖得到過幾克，寶貝似的傳承了上千年，只是自從家道中落後，神泥也遺失了，這成了今後家族極大的憾事。

可現在他看到什麼，奶奶的，這小姑娘的身體接近六十斤，全都是神泥構成的。太他媽暴殄天物了。

老者眼中的貪婪越甚，和藹的開口道：「小姑娘，你明明已經死了，為什麼還在這塵世受苦，不如我替你超度。」

「神經病，我才不要，我看你就是眼饞我才是，呸，老不修。」慕婉蘿莉身體裡，畢竟是個二十歲的大姑娘，哪裡不清楚這老者在暗地裡想啥齷齪的事，開口就罵道。

老者臉一陣發白，已經許多年沒人敢這樣和他說話了。

「生者有生者的路，死者有死者的道，死人迷戀塵世，只會害了活人。本巫既然碰到，就該替你解脫。」老者說完，迅速從手中畫出一張符，這符咒很奇怪。黑色的紙，那紙卻不像是用樹漿製造的，反而像是一種皮。

魚皮。

這是長江上特有的魚皮符。

老者抓了一把朱砂，在魚皮紙上一吹，一個古怪的咒就躍然紙上。他手裡抓著魚皮符，身形一躍，以自己的年齡完全不符合的敏捷，朝慕婉的額頭上貼過去。

慕婉能明顯感覺到那符咒對自己有極大的壓制作用，她被魚皮符的力量籠罩住，渾身軟綿綿的，竟然沒辦法提上力氣抵抗。

就在這時，一直都閉著眼睛的夜諾，猛地睜開雙眼。

「滾。」他輕輕開口，攤開手心，在手心畫了一個衍心雷，金色的電光在空氣中分裂成樹枝狀，空氣中傳來高溫燒灼的氣味。

金色的枝頭對準老者，劈頭蓋臉的爆發。

老者冷哼一聲，沒將這衍心雷看在眼裡，他畫了個圈，隨手一擋，另一隻手穩穩的繼續將魚皮符朝慕婉額頭貼去。

他可捨不得破壞那一身的神泥，這些都是好東西啊，只要將這些神泥好好利用，自己會再次精進，打破頭頂的天花板，甚至能順利的得到自己想要的東西。

「死老頭。」夜諾罵了一聲。

自己的暗能量精純，怎奈除穢術的實力太低，這老者，夜諾用看破查看了一下，大約是 B1 級除穢師，按理說遠遠不是他能對付的。

果不其然，夜諾打出的衍心雷，被老者一探手就破除了。

夜諾咬破手指，在手中再次畫符：「定！」

定身咒在手心閃爍著血紅的光，老者的身形微一停滯，他有些詫異，轉頭看了夜諾一眼，然後眼中的詫異更甚，奶奶個熊，他居然看到不遠處的小傢伙，使用了早已失傳的定身術。

但是奈何夜諾的實力太低，老者只停了半秒鐘。

「定，定，定。」夜諾連續三個定身咒打出，身形如飛，閃到慕婉跟前，拽著她朝後飛退，離開了魚皮符的籠罩範圍。

「別想逃。」老者既貪婪又好奇。

這個只有 F4 實力的小傢伙，手中的除穢術層出不窮，如果說那小姑娘用神泥做的身軀是小傢伙的傑作，那麼，這小傢伙肯定偶然找到某個不得了的上古寶藏。

老者已經起了逼出夜諾秘密的心，以他的手段，想要從一個只有二十歲的小夥子嘴裡掏出東西，可說是太簡單了。

老者手一撈，從身上摸出一根紅線。這根紅線紅得異常，如蛛絲般細小，但是拋入空中卻如同飛行的蜈蚣，循著夜諾和慕婉追過來。

眼看就要將兩人纏住。

夜諾的能量還沒有完全恢復，他眼中精光一閃，果斷的決定拿剛到手的知識型遺物破穢術練手。

只見夜諾戴在眼睛上的遺物看破白光閃爍，資料刷出來，結合夜諾看過的資料資訊，頓時定位了這條紅線的底細。

E級除穢術，蜈蚣鎖。

「破穢。」夜諾一指探出，點在近在咫尺的紅繩尖端，紅繩綳得很緊，被夜諾點了一下後詭異紅光頓時消散，然後軟綿綿的掉在地上。

老者頓時瞪大眼，臥槽，什麼情況，家族獨門絕技蜈蚣鎖，竟然被一個 F4 級的小傢伙給破了。

還是用一根指頭。

「有點意思，看來小朋友你果然不簡單。」老者乾笑兩聲：「我看你筋骨清奇，天賦過人，當什麼除穢師，乾脆拜我為師，本巫會給你天大的好處，上好的功法。」

夜諾呸道：「你瓜娃子都六十多歲了，才是個 B1，估計到死也就是 B2 老人，就這樣你還想教我，乾脆我一掌送你回極樂世界。」

老者氣得臉都青了，他本來就沒有收徒的心思，純粹是眼饞夜諾的一身手段和慕婉身上神泥的出處。

這老不死不認為夜諾是從某個家族出來的，因為他的除穢術很雜，如果真是世家弟子，通常都會從最基礎的除穢術學起。但夜諾用起除穢術來，天馬行空，顯然是不知從哪裡得到大量的除穢書籍，自學成才，沒有經過系統訓練，路子很野。

他認定夜諾是踩了狗屎運，挖到某個除穢師大能的陵墓，甚至慕婉渾身的神泥構造，也是從那陵墓中找出來的。

老者饞得不得了，一伸手就是絕學。

「陰魔咒。」

穢力化為一股烏黑飄忽的骷髏腦袋模樣，直朝夜諾的臉上打，夜諾探出一根指頭，一指破掉。

老者的臉黑成了鍋底，又施展了幾個咒術，頓時明白夜諾的手段：「小朋友，你的指頭雖然邪乎，但只能破除我的咒術，那麼看這一招你破不破得了。」

糟糕，被看穿了。夜諾的心頓時沉到谷底。

自己的破穢咒只能破除咒法和功法，對於物理攻擊的破解是無效的，這就是致命的地方。遇到只用裝逼就能嚇退的人還好，一旦碰見老謀深算的除穢師就不好搞了。

果不其然。

「化物屍蟲。」老者從袖子裡抖了抖，抖出許多黑乎乎的蟲子來，這些蟲子像是蟑螂，但是比蟑螂怪得多，夜諾見都沒見過。

「屍蟲？」他護著慕婉朝後退了兩步。

屍蟲是蟲術的一種，在巴蜀、雲貴、泰國、緬甸一代非常盛行。所謂的屍蟲，是先擇一滋陰之地，將各種屍體埋入土中，任憑蟑螂蒼蠅產卵，七七四十九天之後，再挖出來煉蠱。

蠱中最後生存下來的蟲子，就是所謂的屍蟲。

可老者倒出來的屍蟲帶著濃濃的死亡氣息，明顯不簡單，其中一些屍蟲，朝夜諾和慕婉爬過來，另一些，卻爬向了鄧浩和駕駛室。

「結界術。」這些屍蟲太噁心了，夜諾本能覺得危險，立刻用結界術將其隔開。

屍蟲明明只有五公分長，可爬得並不慢，牠們竄到夜諾布下的結界前，幾口就將結界咬碎。就在這時，只聽鄧浩和駕駛室裡傳來一陣低沉的吼叫。

鄧浩眼中泛著邪異的紅光，本來就壯實的身軀陡然膨脹，無數屍蟲從他的皮膚上鑽進去，很快鑽入他的骨肉，身上留下了一個個黑漆漆的洞。

但是鄧浩竟然一動不動，更沒有恐懼痛苦，任憑屍蟲咬破皮膚鑽入身軀，他的肌肉凸起，顯得力大無窮。

而駕駛室裡那具沒頭的屍體也發生了異變，屍體被屍蟲鑽入，不斷抖動，最後緩緩站起來。

那屍體猛地從駕駛室中高高跳起，跳到夜諾身旁。

地上的屍蟲爬到屍體和鄧浩的身體上，彷彿一層黑乎乎的、閃著冰冷光澤的盔甲。

慕婉目瞪口呆，好久都合不攏嘴：「還能這樣。」

「你是長江上的巫？」夜諾道：「一個月前，嘉實遊輪上有十三個女孩同時跳江自殺，是不是你搞的鬼？」

老者臉上劃過一絲異色：「你果然也是衝著這個來的。」

「到底是不是你搞的鬼？是不是你殺了那些女孩？」夜諾一個字一個字，淡淡的道。

他的聲音很清晰，裡邊沒有任何感情色彩，這是他憤怒的前兆。慕婉詭異的自殺，如果是蟲術，是這個老者利用蟲子控制她們跳江的話，確實就解釋得通了。

老者卻並沒有回答他，只是一揮手。

鄧浩和那具屍體朝兩人逼近過來。

「別想傷害阿諾。」慕婉將雙手化為兩柄鋒利的刀。

長江上的天，不知道何時開始烏雲壓頂，彷彿風雨欲來，給人很不舒服的壓抑感。

慕婉將雙刀揮舞得密不透風，生生把鄧浩和活屍阻攔住，這一人一活屍的動作也靈敏，特別是身上的屍蟲盔甲堅硬無比，她一時間沒有破防。

不過她並不怕，這兩個傢伙構不成威脅。

另一邊，老者已經逼近夜諾。他沒有動用任何除穢術，而是飛快的閃身，用身法和夜諾互搏。

老者的身法極快，令人眼花繚亂，夜諾本來就沒有恢復實力，加上破穢咒非常耗費能量，剩下的力氣不多了，稍微抵抗幾下後就被老者捏住命門，渾身軟軟的提不起力氣。

「臭不要臉的，放開阿諾。」慕婉頓時憤怒，她的聲音穿過寬廣水域，震響在長江上。

她不再保留，迅速擊退鄧浩和活屍，朝老者撲過去。

老者冷哼一聲：「殘魂而已，還敢造次。」

說著掐個手訣，朝慕婉的眉心點去，慕婉眼神中閃過一絲精芒，身法如電，竟然從老者的指尖躲開。反手一刀，險些砍中老者的脖子。

好詭異的身法，這少女生前到底練過什麼？

老者嚇了一身冷汗。

慕婉被夢阿姨淬鍊許多年，雖然她一直都資質平平，而且又在安詳的社會裡打滾，被父母保護著，活脫脫是與世無爭的白富美，可這白富美發起飆來，極為可怕。

少女身影化為一道風，眼見夜諾有什麼危險，她的潛能無限的爆發。這如同風一般的身法，逼得老者險象環生，破口大罵道：「還等什麼！把這邪女抓住。」

變異的鄧浩和活屍聽命，連忙撲過來。

「滾！」慕婉雙手化為凜冽的寒刀，在越變越黑的天空下閃爍著炫目的光：「去死。」

刀劈下，頓時將活屍一刀兩斷。

她的攻擊如同一道雷，刀光砍斷活屍後，又循著鄧浩的脖子砍過去，鄧浩嚇得魂都飛天了，急忙向後退，才堪堪躲過。

這看起來溫溫柔柔，漂亮得像是瓷娃娃的十來歲女娃子，實在是太恐怖了。

老者也被慕婉逼得手忙腳亂，他趁著少女攻擊鄧浩的一瞬間，這才摸出一張魚皮符，一口咬破舌尖，將精血噴到魚皮咒上。

魚皮符閃爍著陰森的黑光，飛起來，貼到慕婉的額頭上。

慕婉所有的動作戛然而止，她瞪大眼睛，惡狠狠的盯著老者，一眨不眨的盯著。凝固的小模樣，彷彿化身為了惡鬼。

她很不甘心，自己又沒能保護到阿諾。

不甘心！不甘心！不甘心！

魚皮符在她的額頭不斷吞吐著光，那光被慕婉的不甘不斷消磨，不斷暗淡。

鄧浩一屁股軟倒在地，他被慕婉弄怕了，根本不敢靠近，而老者一臉見了鬼的模樣，這小妮子的意志力堅強到可怕，難怪就算是死了，一絲殘魂還能堅持這麼長時間。她的執念，就連魚皮咒都阻擋不了。

老者眼見魚皮咒快要破掉，連忙又畫了兩道符，貼在慕婉身上，這才徹底將恐怖的慕婉制住。

鄧浩和老者休息了一會兒。

老者不斷看著天色，彷彿在等什麼。

「老前輩，要不要殺了他們？」鄧浩的眼珠子上爬過幾隻屍蟲，他很忌憚慕婉，怕她再次暴走。

老者的視線掃過夜諾兩人，最終搖搖頭：「把他們關起來，我還有用。」

他想從夜諾嘴裡挖出自己想像中的寶藏陵墓所在，而慕婉一身的百變軟泥也是他想要的。

不過現在都不是時候，捕撈船雖然行駛得飛快，都要到四十碼的速度了，可尾巴後邊那隻鯉魚精仍舊陰魂不散追個不停。

當務之急是甩掉鯉魚精。

而且，時辰也該到了，機不可失時不再來，那個地方可是一甲子才會出現一次的。

門，就要開了。

—尾聲—

夜諾、慕婉和老顧都被丟進了船艙中，老者親自施展咒法，布置下了好幾道魚皮咒，讓他們無法逃出船艙。

老顧首先清醒過來，見自己三人被抓住，急得團團轉：「怎麼辦，怎麼辦，這一次咱們仨死定了。」

「噓，別吵，沒見到我家阿諾在休息嗎？」慕婉瞪了他一眼。

老顧親眼見過這位小姑奶奶發威，頓時不敢再開口，過了大約十分鐘，夜諾這才睜開眼睛。

一見他醒過來，慕婉面有愧色道：「阿諾，讓你受苦了，我下次一定敲碎那個老傢伙的腦袋？」

「辛苦你了。」夜諾摸摸她的小腦袋：「反正我們現在暫時還活著，技不如人，被逮也是沒辦法的。既然我們不是那老傢伙的對手，還不如先休息一下，看他們怎麼對付那隻鯉魚精。而且，今天的事，有許多古怪的地方，我需要理一理。」

「古怪的地方？」老顧愣了愣：「什麼意思？」

「我還是先告訴你，我們為什麼會潛入打撈公司當打撈員吧，這樣你比較容易理解一些。」夜諾沉默片刻，決定部分說明，畢竟後邊的幾件事恐怕還需要老顧的專業技能。

他說自己和慕婉是慕婉的父親請來調查嘉實遊輪上離奇自殺案真相的偵探。

老顧明白：「難怪我覺得你們怪怪的，看長相也不像兄妹啊。」

夜諾透過窗戶玻璃，看了一眼外界，滔滔江水不斷滑過，除了水，就是水，看不到別的參照物。

船跑得很快，鯉魚精還在追著船，他收回視線，問道：「老顧，你從前聽說過長江中，有這麼大的鯉魚嗎？」

「聽倒是聽說過，但那只是傳說而已，怎麼可能是真的。」老顧啞然片刻，無奈的嘆口氣：「至少沒有親眼看到它時我是不相信的。」

「這就對了，為什麼傳說中的怪物會那麼巧，我們一出船就能碰到？船才往長江深處行駛了幾個小時而已，連重城的地界都沒有出，如果瞎貓碰到死耗子都能讓我們隨隨便便遇到這種怪物，那麼別的船千百年來怎麼都沒遇到？你不覺得怪嗎？

還有那些從江底冒上來的豬屍體。」夜諾想了想：「那些豬屍中，隱藏著無數的鯉魚精幼苗，我覺得，是有人故意將豬的屍體處理成去煞的模樣，投放到這片水域的。畢竟去煞的習慣，在長江沿岸已經延續數千年了，恐怕這種鯉魚精早就習慣吃豬屍，它甚至會將魚卵產在豬屍中，魚卵孵化後，幼苗也會以豬屍為食。因為去煞的豬屍，寄託著人類的願望，而寄託人類願望一事，會給豬屍帶來河裡的魚蝦沒有的能量。」

人類的願望，本來就是一種意志的表達。

意志很玄妙，但是也很好理解。強烈的意志，是一種能量傳遞，在人體中的暗能量會通過意志，通過許願，進入去煞的豬中。

鯉魚精的幼苗之所以會寄生在去煞用的豬屍內，就是因為它含有大量魚蝦所沒有的暗能量。

恐怕這些鯉魚精想要成長，就需要攝入足夠的暗能量，而人類的身體富含的暗能量在所有生物種群中也算多的。

這也是為什麼穢物喜歡潛伏在人間的原因。

所以一旦人類入水，就會被鯉魚精和它的幼苗攻擊吞噬。

可問題又來了，為什麼這麼愛吞人的鯉魚精，會突然出現？從前它們都隱藏到哪裡去了？如果水中一直潛伏著這麼可怕的穢物，人類還敢在長江上行船嗎？

除非這鯉魚精一直都被封印著，可最近，它卻因為某種原因被放出來。

不知為何，夜諾腦海中猛然間劃過了慕婉和十二個少女的離奇死亡，以及她們死後，被人特意用青銅鎖鏈在腿上鎖了一道長江十三令。

難不成，這幾者之間還有聯繫不成？那黃金鑄造的長江十三令到底是啥玩意兒？

夜諾摸摸下巴陷入沉思中。

「阿諾，你看外邊，天低得雲都快要壓下來了。」慕婉雖然被打敗了，略有些沮喪，但還能和夜諾待在一起，她很快就樂觀起來。

慕婉伸出嫩白的小指頭，指著天。

天陰得厲害，明明才中午而已，都已經快黑得伸手不見五指了，這壓抑的氣氛，壓得人心口悶，老顧只看了一眼，就覺得喘不過氣。

「阿諾，那個老頭和鯉魚精打起來了，嘻嘻，我看老頭肯定打不過鯉魚精。」慕婉幸災樂禍。

追在船後邊的鯉魚精，確實和老者打起來。老者像是很焦急的樣子，想要把鯉魚精甩掉，但鯉魚精發現前邊一船都是豐盛富含暗能量的食物，早就飢渴了幾百年的它，哪裡肯放過。

它噗嗤一聲躍出水面，龐大的身軀要是結實的撞在打撈船上，這艘船肯定會斷成兩截。

「姑奶奶，您可別幸災樂禍，這船要是碎了，咱們也會變成鯉魚精的零嘴兒。」老顧嚇得魂不守舍。

夜諾瞇了瞇眼睛，不太看好：「這老頭不一定是鯉魚精的對手。」

老者等級在B1左右，夜諾用看破看了鯉魚精，大約是一隻準蛇級的穢物，只要再進一步，就會化為真正的蛇級。

鯉魚精實力壓了老者好幾個頭，但是老者經驗豐富老謀深算，各種巫術不斷祭出，袖口裡扔出的屍蟲也不心痛，大把大把的朝水裡放。

可這些屍蟲一入水，就變成鯉魚精幼苗的零嘴兒，那些鯉魚精幼苗的牙口很好，甚至開始啃食起打撈船的金屬船體。

天，更加黑暗。

老者的臉色越來越焦急。

「阿諾，你說這個老頭會不會就是殺我和其他女孩的兇手？」慕婉突然問。

夜諾緩緩搖搖腦袋：「不是。」

慕婉失聲道：「可他明明那麼賤，而且那個鄧浩也有問題，和老頭一起串通起來搞鬼。怎麼想這件事都和他們有關，太可疑了。」

「那個老者是個『巫』。」夜諾嘆口氣。

「巫？」老顧震驚：「你說那個老者，竟然是巫？」

「不錯。他使用的手段很明顯都是長江兩岸巫人特有的術法。」夜諾點頭。

對於巫，老顧很熟悉，畢竟他從小就在長江邊長大，巫人在兩岸的村莊很有地位，比族長都要有威望得多。當年他們村子，婚喪嫁娶都邀請巫人祝福，有什麼病痛災難，便會將人抬到巫的家中，讓巫施法除去災厄。

巫，儼然是長江兩岸村民的保護神。

可老顧接觸過的巫，從沒有像老者那麼手段神奇的。

像是看穿了老顧的想法，夜諾道：「人走人道，蛇走蛇路。你們村子裡的巫，頂多懂一些巫術的皮毛而已，有些東西層次不到就接觸不到。」

老顧想了想，深以為然。夜諾說得沒錯，例如今天的鯉魚精，他如果不參加救援隊的話，恐怕在長江上摸爬滾打一輩子也不可能碰到。

「如果他是巫，那就好解釋了。小姑娘，他應該不是殺那些女孩的幕後黑手。」

老顧搖搖腦袋。

慕婉還是不解道：「憑什麼啊，我看那個老頭看我色瞇瞇的，而且蝦哥也被他故意害死的，邪惡得很。」

「巫人雖然不都是好人，但是他們每一個都會發誓，會保護長江的安寧和平，不讓依靠萬里長江生活的民眾陷入危險。」老顧看著夜諾，突然道：「你們偷偷去過公司的停屍房了，對吧？」

夜諾乾笑兩聲，這個老顧看起來忠厚老實，其實精明得很。

於是他大大方方的點頭：「去了。」

「那具女屍古怪得很，在水底下彷彿入煞，我們一船人險些都死光，要不是其中一個船員也是老水鬼，而且還學過一些巫人的手段，不要說帶不回屍體，我們怕是早就回不來了。」老顧嘆口氣。

既然說開了，夜諾就不再藏著掖著：「老顧，那具女屍腿上纏著的黃金令牌，你知道是什麼嗎？」

「不知道啊。」老顧搖搖頭：「可那令牌非常邪乎，當我們把女屍制住，抬上船後一個小船員發現令牌，忍不住把玩片刻，可沒多久那小船員就感到渾身不舒服，倒在地上，等別人發現的時候已經沒氣了。他就那樣沒有任何徵兆的死了！」

夜諾臉色變了幾變，自己拿到那令牌的時候，並沒有感覺到令牌有什麼異樣。難不成那令牌上其實有一道詛咒，第一個接觸令牌的小船員，就因為詛咒而死？

疑團越來越多，夜諾感到腦袋就要爆炸了。慕婉的死如果和船上的老頭沒關係，這個巫在事件中又扮演怎樣的角色？鄧浩和他又是什麼關係？

甚至整個打撈公司的四十多個打撈員失蹤，究竟代表著什麼？

三人沉默片刻。

他們的手機都被搜走了，沒辦法定位，夜諾指指正鬧騰的窗外：「老顧，你能判斷這兒是哪個地界嗎？」

老顧判斷了一下，搖頭道：「不清楚。可是估摸距離，應該在重城上游一百多公里的位置，距離鄧浩給我們看的失蹤船員最後的衛星定位不太遠了。」

夜諾摸著下巴，陷入沉思中。

突然，看著外界的老顧，彷彿發現什麼，猛地臉色大變：「不對，這裡到底是哪裡？長江上怎麼可能有這種地方？那到底是什麼！」

這話說完，夜諾和慕婉都同時抬頭，露出不可思議的表情。

他們看見一道巨大的瀑布，那瀑布高約百多公尺，轟隆隆的水流聲，遠遠都能聽到巨大聲響，但之前卻未曾聽到水聲。

這怎麼可能。

哪怕是夜諾見多識廣，也從沒聽說長江上有過這麼雄偉壯觀的地方，如果真有，以國人以及地方政府的尿性，早就圈起來賣門票了。

這瀑布可比黃果樹大瀑布更加高大宏闊，就像是所有長江中的水都是從這瀑布中傾瀉出來的。

這裡到底還在不在長江上？

這瀑布到底是啥？明明那麼雄壯，卻散發著一股陰森的寒意，在黑壓壓的天空下令人瑟瑟發抖。

老顧咬著牙，終於想到什麼，聲音在喉嚨口發抖，一個字一個字的說：「我好像知道這這是哪裡了。」

夜諾的視線，根本從瀑布上挪不動，他問：「快說！」

「這裡是——龍門！傳說中跳過去就能化身為龍的——龍門！！」

——本集終——

作者　夜不語
總編輯　莊宜勳
主編　鍾靈
責任編輯　蘇星璇

出版者　春天出版國際文化有限公司
地址　台北市忠孝東路四段303號4樓之1
電話　02-7733-4070
傳真　02-7733-4069
E-mail　story@bookspring.com.tw
網址　http://www.bookspring.com.tw
部落格　http://blog.pixnet.net/bookspring
郵政帳號　19705538
戶名　春天出版國際文化有限公司
法律顧問　蕭顯忠律師事務所
出版日期　二〇二〇年十二月初版
定價　250元

總經銷　楨德圖書事業有限公司
地址　新北市新店區中興路二段196號8樓
電話　02-8919-3186
傳真　02-8914-5524

夜不語作品 40

怪奇博物館 105：撈屍匠

國家圖書館出版品預行編目資料

怪奇博物館 105：撈屍匠 ／ 夜不語 著.
一 初版. 一 臺北市：春天出版國際，2020.12
面；　公分. 一（夜不語作品；40）
ISBN 978-957-741-314-7（平裝）
857.7　109018932

ISBN 978-957-741-314-7
Printed in Taiwan